THE MYTH SERIES

重述神话

重述神话系列图书（The Myth Series），由英国坎农格特出版社（Canongate Books）著名出版人杰米·拜恩 2005 年发起，委托世界各国作家各自选择一个神话进行改写，神话的内容和范围不限，可以是希腊、印度、非洲、美国土著、伊斯兰、凯尔特、阿兹台克、挪威、《圣经》或其他国家和民族的神话，然后由参加该共同出版项目的各国以本国语言在该国同步出版发行。它不是对神话传统进行学术研究，也不是简单的改写和再现，而是要根据自己的想象和风格创作，并赋予神话新的意义。

已加盟的丛书作者包括诺贝尔文学奖、布克奖获得者及畅销书作家，如简妮特·温特森、大卫·格罗斯曼、玛格丽特·阿特伍德、多娜·塔特、齐诺瓦·阿切比、密尔顿·哈托姆、伊萨贝尔·阿连德、迈克尔·法布、何塞·萨拉马戈、阿尔贝托·曼戈尔、A.S.拜雅特、卡洛斯·富恩特斯、斯蒂芬·金以及中国作家苏童、李锐、叶兆言、阿来等。这是一场远古神话在当代语境下的复苏。这是一场世界范围的联合行动,通过对所涉及各个国家和地区的远古神话的现代语境下的重述,赋予其新时代的意义,寄托更深刻的文化和生存内涵,对现代人们在物质膨胀、精神匮乏的时代里产生的精神家园的缺失给予疗伤,通过神话的重述,让人们产生文化认同感和民族国家意识,更有利于世界的稳定和区域的健康发展。

神话是代代相传、深入人心的故事,它表现并塑造了我们的生活——它还探究我们的渴求、我们的恐惧和我们的期待;它所讲述的故事提醒着我们:什么才是人性的真谛。

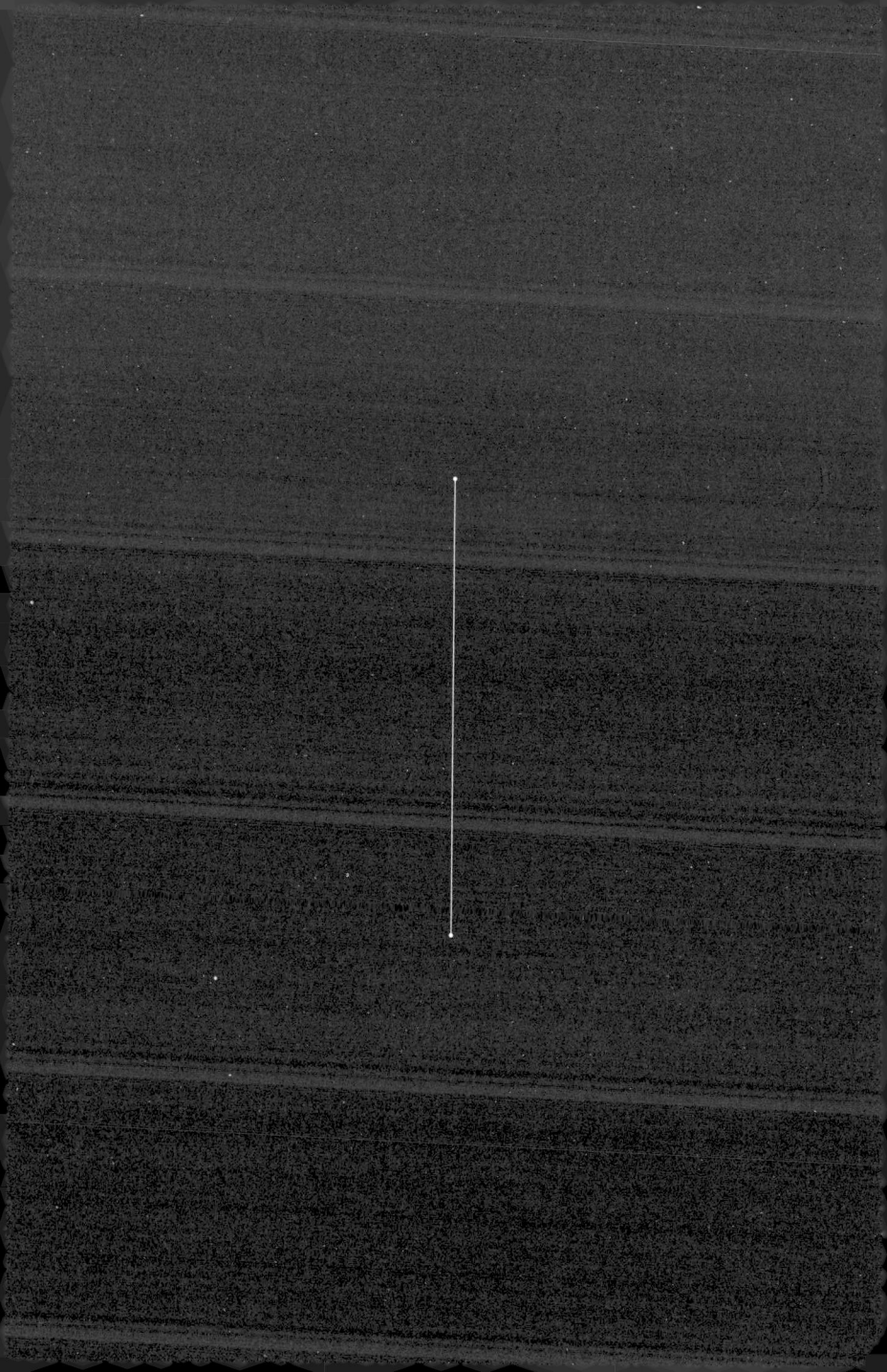

THE GODDESS CHRONICLE
NATSUO KIRINO
女神记
REVENGE LEGEND IN JAPANESE CREATION MYTH
日本创世神话里的复仇传奇

[日] 桐野夏生 著　刘子倩 译

重庆出版集团　重庆出版社

- 今日斯日
- 隐身于神之庭园
- 遨游于神之庭园
- 等待于神之庭园
- 自天而降
- 渡海而来
- 今日斯日
- 虔诚膜拜

目录
CONTENTS

8
今日斯日
Today, This Very Day

69
前往黄泉国
Into The Realm of The Dead

107
世间处处
With All I Do in This World

149
呜呼噫唏，彼何好女
How Comely Now The Woman

221
呜呼噫唏，彼何好男
How Comely Now The Man

今日斯日

Today, This Very Day

1

我名波间，生于遥远的南岛，是个在十六岁那年早夭的巫女（服侍神明、传达神意的女子，通常是未婚的处女。——译者注）。这样的我，如今之所以会住在地下的死者之国、说出如今您听到的这些话，唯一的理由当然是女神大人的旨意。说来奇妙，现在的我，比起生前更有鲜活的情感，因那种情感而激发的话语、曲折经历，都在此身具足。

不过，我叙述的故事，是为了献给我在死者之国伺候的女神大人。不管是被怒火染红双颊，还是为生之憧憬而颤抖，这一切，无非皆是表达女神大人心情的话语。就跟日后出现在女神大人驾前、负责叙述众神故事的稗田阿礼〔天武天皇的贴身侍从，生卒年不详，推估约为公元7世纪中后叶至8世纪初的人物，奉天武天皇之命诵习帝纪与先代旧辞。和铜四年（公元711年），元明天皇命太安万侣将阿礼诵习之内容编纂成册，是为《古事记》。此外，阿礼出自代代进贡下级女官的猿女氏，因此有人说阿礼是女性，也有人认为阿礼既是"贴身侍从"，可见应是男性，在本书中，是以女性身份出现的。——译者注〕一样，我是个忠心效命女神大人的巫女。

女神大人的名讳，乃是伊邪那美神。我听说，"伊邪"带有"来吧，好戏即将开始"的诱惑之意，而"美"是指女人。据闻女神大人的丈夫伊邪那岐神的"岐"是代表男性的字眼，那么伊邪那美神正是女人中的女人。说伊邪那美神承受的命运是这个国度所有女人承受的命运，此言绝不为过。

来吧，好戏即将开始，就让我说出伊邪那美神的故事吧。在那之前，得先从我的故事说起，说说我的人生是何等奇异而又短暂，还有，我是如何来到伊邪那美神身边的。且容我娓娓道来。

我生长的地方，是个远在大和国南边、多岛海中偏居最东端的小岛。如果从大和划着小舟前往，得耗费将近半年的时间才能抵达。不过，位于最东端，也就表示我生长的小岛是全世界太阳最早升起、最早西沉的地方。因此，它在多岛海是众所周知神明初临人世的地点，虽是小岛，却被视为圣岛，自古以来备受尊崇。

大和是北方的大国。迟早多岛海也会纳入大和国的统治之下，但在我还活着时，古老的神祇仍然统领诸岛。我们信奉的神，是伟大的大自然，是与我们血脉相承的祖先，是浪是风是砂是石，是无处不在的至高存在。虽然没有具体的形象，但在每个人的心中，自有神的样貌。

比方说，年幼的我经常想象的是外表温柔的女性神祇。这位女神，虽然有时会在愤怒之下掀起狂涛巨浪，但平时赐给我们大海与土地的收获，无比慈爱地守护前往远洋捕鱼的男人。或许，我会有这种想象是受到我那严厉的外祖母美空罗大人的影响。关于美空罗大人，今后我会一一详述。

我们的岛，宛如细长泪滴，形状奇妙。北边的岬角尖如标枪前端，形成悬崖峭壁突出于海中，随着山壁伸向小岛底部，斜度逐渐平缓，海岸线也徐徐圆融不再险峻。小岛南侧的底部，和海水高度相差无几，因此一旦大海啸来袭，南侧恐将全面遭到海浪冲击。而且，小岛相当小，即便以妇孺的脚力，不用半日也可绕行一周。

小岛南边珊瑚碎裂后形成的雪白细沙，打造出无数个在阳光下莹然晶亮的美丽海滩。蔚蓝的大海与白沙，怒放的艳黄黄槿，弥漫着月桃香气的海滩，那是美得几疑不似人间的海滩。岛上的男人自那片海滩出航，进行捕鱼和交易，一去半年仍不归来，有时渔获不佳或远至他岛交易时，甚至一出海就是一年。

男人们驾船载着从岛上捕获的海蛇与贝壳，与更南方的岛屿交换纺织品及罕见的水果，偶尔也会交换白米回来。小时候，那是我们最大的期盼，我和姐姐甚至天天去海边观望，看父兄归来没有。

小岛南边，遍地是南国花木，充满令人喘不过气的生命光辉。榕树的气根在夹沙的泥土上蜿蜒，红木荷的参天巨木和槟榔的叶子遮蔽艳阳，涌泉旁边群生着水车前。虽然食物不多，生活非常贫苦，但是百花怒放，风景美得独一无二。险峻的山崖上绽放着白色铁炮百合，到了傍晚就会变色的黄槿，还有紫色的马鞍藤。

不过，包含北边岬角的小岛北侧就截然不同了。虽有看起来就很适合栽培作物的丰饶黑土，但长满棘刺的露兜树密密麻麻地覆盖地表，坚拒入侵者。抗拒外人入侵的，不只是陆路。若想从海上登陆，也绝无可能。北边的海域和南边的美丽海滩不同，海流湍急，而且很深，拍打断崖的海浪也非常猛烈。正因如此，人们深信，能从北边登陆的，唯有天神。

但是，路倒是有一条。那是一条将路兜树林一分为二、勉强可容一人通过的小径。那条小径，据说一直通往北方岬角。但是，谁也无法确定。因为能走进那条路的，在这岛上仅有大巫女一人。自古以来人们传言，北方岬角是神明降临的圣地。

我们居住的南边聚落与禁止进入的北边圣地，以被称为"神圣标记"的黑色巨岩为界，巨岩下方，设有石头堆积而成的小祭坛。光是看到"神圣标记"后方在白昼仍显阴森的小径与祭坛，孩子们就会浑身哆嗦，吓得落荒而逃。这不只是因为大人吩咐过，只要越过"神圣标记"必将遭受惩罚，也是因为想都想象不出前方会有什么，因而心生恐惧。

岛上的禁忌，还有另外一桩。有几处圣地平时只容许成年女性进入。例如位于岛东的清井户，位于岛西的网井户。

那些都是圣地。清井户，就在大巫女居住的伸入海中的小岬角旁。而网井户，是死者的广场。在岛上，凡是死掉的人都会被抬去网井户。

清井户和网井户，据说分别位于小岛东西两侧茂密的路兜与榕树密林中，是形如圆形广场的场所。据说最不可思议的，就是明明没人割草，但那块地面却自成圆形。我曾听说，两个圣地附近都有涌出淡水的水井，因此才被称为清井户与网井户，但详情不得而知。而且，不知为何，除非举行葬礼，否则男性与孩童一律禁止进入。

等我长大后也可以进去，但我很想早点知道里面究竟藏了什么，怀着这样的不安与期待，我会从外面偷偷眺望在密林中开了一个小口的秘密场所。但是，对于号称死者广场的网井户，我毕竟还是畏缩不前的。

我们的岛，没有特别的名称。我们都习惯称之为"岛"。但是，出海捕鱼的男人遇到别岛的渔船，被问起"来自何处"时，听说他们总是回答"来自海蛇岛"。据说，别岛的人听了，往往立刻垂头默祷。我们的小岛曾有神明降临的传言，早已在南海居民之间传遍。而且，据说就连只有十人居住的迷你小岛都知道这个传言。

之所以被称为"海蛇岛"，是因为岛上盛行抓海蛇。那种黑底黄纹的美丽海蛇，被我们称为"长绳大人"。每逢春天，

"长绳大人"便会聚集在小岛南边的海中洞窟产卵。然后，岛上的女人就会全体出动，赤手空拳地捕捉。抓到的"长绳大人"会被关进笼中，放入仓库。可是，"长绳大人"的生命力很强，即使抓上岸将近两个月后依然活着，等到确定终于死掉了，便被拿到海滩上晒干，作为与别岛交易的珍贵商品。我曾听说海蛇营养丰富，非常美味，但我们难得有机会尝到。

小时候，我曾去昏暗的仓库看过"长绳大人"。被关在笼子里的"长绳大人"，双眼在黑暗中璀璨生光。母亲说，渐渐干涸的痛苦，会令"长绳大人"全身流出油脂，吱吱哀叫。对此，我既不感到残酷也没有任何其他感觉，我只是天真地暗想，总有一天自己也会捕捉大量海蛇，让从早到晚工作不休的母亲轻松一点，并且献给我那神圣的外祖母。

抓海蛇主要是女人的工作。不仅如此，饲养岛上为数不多的山羊，在海边捡拾贝壳和海藻，也都由留在岛上的女人负责。不过，女人最重要的工作，还是虔心祈祷，祈求出海捕鱼的男人平安无事，也祈求岛上繁荣。祈祷仪式由被尊称为大巫女——地位最高的巫女指挥进行。

事实上，我的外祖母美空罗大人就是大巫女。换言之，我生在岛上地位最崇高的大巫女之家。唯有美空罗大人，可以只身越过"神圣标记"，进入北方岬角。附带说一句，我家被称为海蛇一族，相较于岛长负责排解纷争、执行决定的工作，我家是代代出产大巫女的家族。

虽然我生在岛上最崇高的巫女之家，但我那时只是个天真烂漫的孩子。小时候，我什么也不懂，总是与姐姐加美空一起玩耍。我家兄弟姐妹共有四人，我们上面还有两个年纪相差很多的哥哥，但他俩长年在海上捕鱼，几乎见不到面，连长相都快记不得了。而且，我们是同母异父，所以多多少少会觉得手足情分很淡。

加美空与我，是只差一岁的好姐妹。全族的男人都出海捕鱼后，我俩就成天形影不离地玩在一块。有时去清井户旁的海岬，有时走下美丽的海滩趁着退潮抓螃蟹，倒也自得其乐。

加美空体形高大，是岛上最聪颖的孩子。而且，与岛上其他人相比，她的五官深邃，肤色白皙，是个眼睛很大、令人印象深刻的美丽孩童。她机灵贴心又温柔，头脑也很聪明，连唱歌都好听。与她相差一岁的我，无论身在哪里，做些什么，从来没有赢过她。我比任何人都更爱加美空，事事依赖她，总是跟在她屁股后面到处走。

但是，我也不太会形容，总之我察觉到某种似乎开始渐渐不同的征兆。不，是真的。比方说，岛民看我和加美空的眼神，渐渐出现微妙的不同。而我，又是从什么时候，开始感到长期出海总算归来的男人们对待我们的态度好像也明显不同了呢？每个人，似乎都在关注加美空的动向，只把加美空一个人视若珍宝。

一切真相大白，是在加美空满六岁的生日当天。为了出席生日宴会，父亲和叔伯、兄长们特地自海上归来，已卧病在床好一阵子的岛长也撑着拐杖出现。宴会非常热闹豪华，全岛的人都受邀来到我家。

当然，屋内容纳不下全部岛民，只好挤到院子里。而铺开的草席上，源源不绝地放上前所未见的佳肴。那是母亲和女性亲戚们全体出动，耗费多日烹调的大餐。宰了好几头山羊，掺有海蛇蛋的浓汤，盐渍鱼，唯有潜入海底才找得到的贝类做成的生鱼片，呈尖锐星形的罕见水果，有着黏稠的黄色果肉的水果，发出馊腐山羊奶臭味的下酒菜，米酿的酒，把苏铁晒干和米一起蒸熟而成的麻糬，种种食物摆放在一起，令人目不暇接。

可是，年幼的我被禁止同席。唯有加美空，穿着和外祖母美空罗大人一样的白衣，脖子上挂着串串莹白的珍珠项链，在美空罗大人的身旁享用庆生喜宴。换作平时，我从来不会跟加美空分开进食，因此这令我说什么也不服气，而且也觉得加美空好像被人从我身边抢走了，令我极为不安。最后大人们漫长的餐会终于结束，加美空从主屋出来了。我立刻奔向加美空，却被旁边的美空罗大人推了回来。

"波间！不准过来！现在你连看都不能看加美空。"

"为什么，美空罗大人？"

"因为你不洁。"

听到美空罗大人这么说，以父亲为首的男人们全都挡在我面前。不洁，这个字眼令我大受打击，我颤抖着垂下头。忽然我感到有人注视，抬眼一看，是加美空在看我。她的眼中，流露出前所未见的悲哀。我不由得后退。我从未见过加美空那种表情。

"加美空，等一下！"

脱口呼唤的我被旁边的母亲和婶婶拽住手臂，转头一看，母亲脸色难看地瞪着我。我感到和平日截然不同的氛围，不禁哭了起来。可是，没有一个人理睬我。虽然大人把我赶开，命我不准过来，我还是很想知道究竟发生了什么事。我从小屋背后偷窥，只见在全岛岛民的目送下，美空罗大人带着小小的加美空，消失在浓浓黑夜中。岛上的夜，犹如漂浮在汪洋大海中的小舟般令人惶恐。我不放心，一再跑去厨房问母亲。

"母亲，美空罗大人和加美空到哪去了？她们几时回来？"

母亲含糊其词："她们去散步，应该马上就会回来吧。"

大半夜的，不可能去散步。岛很小，如果追上去，应该追得到。我正想去追，母亲却慌忙跑出来，把我拦住。

"波间你不能去。美空罗大人不会容许的。"

我仰望母亲的双眼。为什么加美空可以,我却遭到禁止,我实在不明白。

"为什么我不能去?"

我跺脚吵闹。母亲依然不说理由,只是坚持不肯让路。但是,母亲的眼神,带着对我的哀怜,和加美空看我的眼神一样。我感到不可思议。为什么我们姐妹会被突然拆散呢?而且,拆散得如此极端。

不经意朝母亲的手上一看,我发现是生日宴会的剩菜,包括没人碰过的山羊肉、生的夜光贝切片,以及有黄色果肉的水果等等。看到这些我出生到现在一次也没吃过的大餐,我忍不住伸出手。登时,母亲狠狠地打开我的手。

"沾染加美空吃剩的东西是会受惩罚的。因为,那孩子今后将成为美空罗大人的继承人。"

我愕然仰望母亲的脸。过去,我一直模糊认定,美空罗大人的继承人,一定是美空罗大人的女儿——也就是我的母亲尼世罗。我以为要轮到我们这一辈当巫女,还是很久以后的事。可是,母亲说得斩钉截铁。美空罗大人的继承人是加美空。

母亲不知把加美空吃剩的生日佳肴扔到哪去了。我也跟着出门,仰望星空,一边暗忖加美空现在在哪儿,做些什么。

心中一隅仍凝重萦绕着美空罗大人说过的话："因为你不洁。"纵使我无法成为大巫女，也是因为加美空比我年长优秀，所以无话可说，但是看着我说"不洁"，这究竟又是怎么一回事？我是不洁之人吗？我很担心，那晚几乎彻夜难眠。

加美空回来，是翌日上午的事。太阳早已高挂空中，气温也已开始上升。我看到姐姐的身影，立刻跑向她。加美空的白色礼服也有点脏了，看起来非常憔悴。不知是否整晚没睡，她那充血的双眼虚无定焦。她的双脚就像以前去海边礁岩的时候一样伤痕累累。

"加美空，你跑去哪了？做什么了？你的脚是怎么了？"

我指着她伤痕累累的脚问，但加美空只是拼命摇头。

"我不能说。因为美空罗大人吩咐过，不能告诉任何人我去了哪里，做了什么。"

想必是穿过"神圣标记"后方那唯一一条路，去了北方岬角吧，我暗想。而且，说不定是去祭拜神明了。手持一根火把，一身白衣的美空罗大人与加美空循路走进路兜茂林中。光是想象那幅情景，我就吓得浑身战栗。

然后，有过那种经验的加美空看起来越发神圣，于是我畏缩了。这时，母亲来了，对加美空交代了某些话。语尾随风飘进我的耳中：

"和波间说话是不洁的，美空罗大人没这么告诉过你吗？"

　　我惊愕地瞥向二人，但她俩背对着我，刻意不看我。当下我泪水盈眶，裹满白沙的赤脚沾上了一条又一条泪痕。虽然不明所以，但我在这一瞬间得知，原来自己确是不洁的。

　　就这样，我们这对原本要好的姐妹，不得不各自走上不同的路。不，不仅不同路，简直就是阳与阴、表与里、天与地，是完全相反的道路。这，就是岛上的"秩序"，也是"命运"。可是，年幼的我有好一段日子都没被告知任何实情。

　　加美空自翌日起，就搬去美空罗大人的住处，带着随身物品离开了家。美空罗大人的住处，在清井户旁，海岬的根部。我一心以为自己和加美空会永远一起长大，所以面临离别格外难受，一直目送着加美空的背影。加美空是否也为与我分别而伤心呢？只见她趁美空罗大人不注意时，一再转头回顾。她的眼中也有泪光闪烁。

　　从这天起，加美空被带离父母与兄妹身边，开始接受大巫女的教育。加美空肯定远比我痛苦。因为她不能再像以前那样在海边玩，也无法在雨中光溜溜地冲洗身体，更不能去摘花。就这样，我与加美空幸福又短暂的童年时光，就此戛然而止。

　　后来，岛长派给我一个新任务。他命我每晚将母亲与女性亲戚们轮流替加美空烹煮的餐点送过去。美空罗大人原先独居时，好像都是自己准备食物，但是现在加美空既然与美空罗大人同住，加美空的餐点就得由母亲她们特别做好送过去。

加美空的餐点一天只送一次，让她分两次食用，用把槟榔叶撕成细条仔细编成的有盖篮子盛装，我就负责把装有食物的篮子拿到小屋前，再把前一晚送的空篮子拿回家。

这项任务，附带严格的规定。那就是我绝不能看篮中物，也不能吃加美空吃剩的食物。还有，如果退回来的篮子里似乎有吃剩的东西，必须在回程时从清井户旁的海岬上扔进海里，而且这些事绝不能告诉任何人。就是这四样规定。

我接到任务，当下喜不自胜。因为这下子我有了见加美空的借口，而且对于加美空从美空罗大人那里学了什么，经历了什么，我也很好奇。

翌日傍晚，我从母亲手上接过槟榔叶编成的篮子。篮子编得很细密，所以看不见里面装了什么。但是，一拿到手上，便能闻到令人食指大动的香味，我甚至有点眩晕。烹调期间，母亲严命我不得偷窥厨房，所以我一直在外面玩。我当下猜测，那晃来晃去的容器中，一定装了海龟汤或海蛇汤。还有那香得要命的烤鱼味，八成是男人们自远洋带回来的鱼干。拎起来沉甸甸的，肯定是用男人们带回来的一小撮白米、以月桃叶包裹蒸熟而成的麻糬。

这些美食我一次也没吃过。不，岛上的人想必也都没尝过吧。我和母亲以及岛民,人人都长年处于饥饿状态。岛很小,所以能够采集的食物有限。要让全体岛民都分到食物,有实质上的困难。如果再来个大型暴风雨,就算有人饿死也不足为奇。男人们之所以长年出海打鱼迟迟不归,一部分也是因为岛上缺乏食物。我之所以打从心底羡慕加美空,说来丢人,不可否认的是,多少也是为了她每天都能大快朵颐。

我小心翼翼地抱着母亲交给我的篮子,站在清井户密林旁的小屋前。浪涛声近在耳畔,因为从美空罗大人的小屋有路直接通往海岬。这时,我听见屋中传来美空罗大人的祈祷声。加美空清亮可爱的嗓音也紧随其后。竖耳听久了连我也不由记住了,忍不住跟着哼吟:

千年的北岬

百年的南滨

海上拉绳镇波涛

山巅张网收清风

涤净你的歌

重整我的舞

只愿今日斯日

上神之命

直至永远

"是谁站在那里？"

美空罗大人严厉的声音传来，我吓得脖子一缩。美空罗大人开门走出来，认清是我之后，一瞬间，她眯起了眼。之前举行仪式时，她甚至用"不洁"这种字眼来说我，可是这天的美空罗大人眼中，却满是外祖母看待小孙女的慈蔼。我松了一口气，连忙辩解：

"美空罗大人，我奉岛长大人之命，送篮子过来。"

我一边递上装有食物的篮子，一边偷窥向昏暗的小屋。加美空规矩跪坐在铺着木板的外间。她朝我转头，开心地露出微笑，挥动小手。我也笑着朝她挥手，但美空罗大人立刻用力把门关紧了。

"波间，辛苦你了。从明天起，你把篮子放到这扇门前就可以走了。这是昨晚的篮子，加美空没吃完，所以你拿去前面的岬角倒进海里。如果偷吃会遭到惩罚哦。这点绝对不能触犯。"

我接过篮子，穿过路兜与榕树林，来到水莞花匍匐蔓生的岬角顶端。篮子里，似乎的确装有食物。我饥肠辘辘，当下有股冲动，很想偷吃一口，但美空罗大人严厉警告过，所以我还是自崖上把篮子倒过来，将里面的东西丢进海中。我战战兢兢地往下看，只见食物在碎浪之间浮浮沉沉地漂了一会儿，最后终于沉入海底。

我觉得好可惜，但这是外祖母和母亲的命令，所以没办法。顶级的美食，全都为加美空搜集而来，却被当成厨余扔掉。但是，至少我总算看到加美空健康的身影了，我一边唱歌一边踏上归途。

不过，年幼的孩童，夜晚还独自在岛上漫步，这并非常事。返回靠近南滨的自家途中，我畏畏缩缩地望着被满月照亮的白色山崖，以及悬挂在红木荷树枝上的蝙蝠黑影，一边踽踽独行。明天以及再明天，也要走同样的路，所以我想应该迟早会习惯，但夜晚的景色真的很可怕。

月光下的海滩上，好像有人影。是谁担心我，所以特地来接我吗？我拔腿跑了起来，但立刻止步。那是陌生人，是个一头长发垂在背后、身穿白衣的女人。她肤色白皙，体态丰腴。我差点脱口喊出美空罗大人，但随即噤口。体貌虽然相似，却是不同的人。女人发现了我，温柔地朝我一笑。这个岛上明明只有二百人居住，但我一次也没见过她。

这个人，说不定是神。过于感动下，我的手臂甚至起了鸡皮疙瘩。就在我呆立之际，女人已一路走进海里，消失在黑暗中了。我遇到了神。而且，神还对我温柔微笑。我感到非常幸福，深深感谢赐给我这份工作的岛长大人与美空罗大人。之后，神再也没出现过，但是看过神成了我的珍贵秘密，令我得以完成每晚替加美空送食物的艰难任务。

从翌日起，我一日不缺，天天拎着装食物的篮子步行前往清井户旁的小屋。无论是太阳毒辣酷热的日子，强劲北风呼啸的日子，暴风雨的日子，或是下着倾盆大雨的日子。当我抵达时，简陋的门前，通常已放着前一晚送来的篮子。那明明是谁也吃不到的佳肴，明明是母亲与女性亲属们精心烹调的饭菜，加美空却剩了一大半没吃。我把篮子里的东西从岬角倒进海中后就回家。因为我知道美空罗大人正在竖耳聆听食物掉入海中的声音，以确定我有没有遵守规定扔弃，所以我按照吩咐，没看篮中东西就倒掉了。

不过话说回来，美空罗大人为什么不用吃那些佳肴呢？我感到很不可思议，但不知怎的又不太敢问母亲。也许是因为心中隐约仍介意着自己"不洁"这件事。

一年后，我终于有机会窥见加美空。岛上每逢八月十三的晚上，会举行祈祷仪式，祈求航海平安。加美空与美空罗大人一起坐在祭坛前。美空罗大人祈祷期间，加美空专心一意地望着她。

遥拜天

遥拜海

再拜岛

祈求高挂天际的太阳

背对沉入海中的太阳

男人的七首歌响起

男人的三头掀起浪涛

遥拜天

遥拜地

请庇佑岛

最后，加美空在美空罗大人的催促下起立。配合美空罗大人的祈祷，她负责在旁用白贝壳咔咔地打拍子。看着加美空，我暗暗吃惊。才一阵子不见，她已长高不少，体态也变得丰满匀称。而且，在岛上本就罕见的雪白肌肤越发细致晶莹，变成非常美丽的少女了。

而我依旧又黑又干，不仅瘦巴巴，个子也很矮小。这也难怪，我吃的本就贫乏，顶多偶尔能弄到一点小螃蟹就要偷笑了，平日吃的，都是槟榔芽、苏铁的果实、艾草和山苏花之类的野草，以及小鱼、贝类、海藻。岛上虽有生长食用性植物，但若要栽培颇费工夫，况且也不够全体岛民采食。所以，每天早上如果不去海边捡海藻，捞捕贝类和小鱼，根本无法维生。

碰到暴风雨无法去采集食物的日子，食物就会极其匮乏。唯有独自享尽岛上所有佳肴的加美空，长得出色美丽。我被加美空的健美震慑，什么话都说不出来。我们本是感情深厚的姐妹，现在眼见加美空与我的差异明显地日渐扩大，我只能呆然以对。

美空罗大人的祈祷结束了。她和加美空要回清井户旁的小屋。加美空偷偷瞄了我一眼，微微点头。大概是发觉我一直在偷看她吧。我当下心头一喜，忘了被她的健美体态震慑之事，打从心底只巴望着跟她说话，和她一起玩。

那天傍晚，我像平时一样，自母亲手上接过槟榔篮子。篮中依旧散发出香喷喷的气味。我终于忍不住向母亲丢出疑问：

"母亲，为什么只有加美空能够吃大餐？"

母亲略带踌躇地说：

"因为，她将来要当大巫女。"

"可是，美空罗大人并没有吃大餐。"

"美空罗大人已经达成任务，所以不需要再吃了。"

母亲说的话我一点也听不懂。

"可是，大巫女依然是美空罗大人。"

母亲听了，微微一笑。

"在培育出下一任巫女后，美空罗大人的任务已经结束了。接下来，只等美空罗大人有个什么万一，加美空就可以随时接替职务了。因为唯有大巫女，在岛上是绝对不可或缺的。"

母亲凑近窥看大水缸,一边检视水量一边说。最近,由于干旱持续,母亲十分担心。我也看着缸中。只剩缸底的一点水。如果连这点水也用光了,我们就会被禁止饮用,只留给加美空一个人喝。

"为什么母亲不是下一任巫女?母亲不是美空罗大人的女儿吗?为什么要跳过母亲,突然让加美空当巫女?我不懂。"

纵使我提出疑问,母亲也只是盯着缸中的水不肯回答。水面上,映出我和母亲凑头窥看缸中的两张脸。我定睛注视母亲映在水面的脸孔。母亲瘦小黝黑。我长得跟母亲一模一样。

"你还小,所以或许不懂,在这个岛上,一切都是有规矩的。'阳'之后,必然是'阴'。美空罗大人是'阳',所以身为她女儿的我就是'阴',身为孙女的加美空就是'阳'。"

母亲就此打住,撇开目光。当时的我还小,但即便如此,我已感到我与母亲同样是"阴"。因为接在加美空之后的,必然是"阴"。

"那,我就是'阴'喽?"

"对。如果你有妹妹,那孩子也会是'阳'。阴阳,阴阳,命运就是如此不断重复。所以,加美空必须在岛上活得最长寿,还得生孩子。而且,她的孩子之中必须有一个是女儿,她的女儿也得生下孙女。我们家就是这样连绵不绝地代代生下大巫女人选的。这就是我们在岛上生存的命运。不，应该说是这个岛给予我们的命运。所以，大家才能活到现在。"

母亲这么说完，朝我映在缸中水面的脸一笑。虽然谜底终于揭晓我很满足，却也不禁叹出一口长气。加美空为了小岛的命运，必须吃大餐活到很老很老，还得生下女儿。我忽然很同情小小年纪就肩负重责大任的姐姐。如果换作是我，八成会被那个重担压垮，我决心今后一定要以我的人生帮助姐姐。并且，很不可思议地，我暗自认定是那晚在海滩撞见的"神"在要求我这么做。

那时，我根本没发觉，原来自己也有别的使命。

2

自加美空去往美空罗大人身边学习如何成为大巫女，转眼已过了七年。这年加美空十三岁，我也十二岁了。我还是老样子，不管狂风暴雨或发高烧，依旧天天替加美空送食物过去。餐点内容好像也几乎一成不变，只是分量逐渐增加，篮子变得越来越重。不过，加美空的食量很小，篮中的食物全部吃光的日子屈指可数。我谨遵美空罗大人的吩咐，原封不动地把加美空吃剩的东西倒进海中。我敢发誓，我一次也没打开篮子偷看过。纵使再怎么冲动地渴望偷吃，我毕竟还是害怕遭到惩罚，于是乖乖听话。

不过，岛民一直深受欠缺食物之苦，所以我很明白那是多么奢侈之举。其实我曾不止一两次想过，如果我是加美空，就算不想吃我也绝对会吃个精光。这个难以释怀的念头，犹如沉淀在水缸底部的渣滓，逐渐堆积。

那个夜晚，猛烈的湿风不停撼动全岛树木。岛民忧心，数日后将有一场不合时节的大风暴来袭。大风暴来袭前，这种温湿的狂风会连续吹上好几天。整团暴风有可能直接转向某处，有时也会夹带豪雨登陆，把岛上的作物全部铲平，冲刷殆尽之后才离去。

我满怀不安，仰望被厚重云层遮蔽月亮的漆黑夜空。黑暗中，只见云絮如撕碎的白花飞掠而过。竖耳静听，远方传来海浪隆隆的怒吼声。遥远的天际，似乎正有人类难以企及的巨大力量在狂飙，令我非常害怕。

橄树的细茎柔弱弯腰，几被强风折断。一旦暴风雨来袭，不仅辛苦种植的作物会被吹倒，为了避免房屋和堆放肥料的仓库被吹走，单靠女人的力量拉起绳索绑在石块与树干上也是一项吃力的粗活。撇开这些不论，最令岛上女人不安的，是出海捕鱼的男人的安危。当然，美空罗大人会整天待在祈祷所，替大家祈求平安，但放眼小岛过去的历史，毕竟也曾留下许多人力难以胜天的记录。

我听母亲说，大约十五年前，有场空前巨大的暴风雨来袭，当时男人们的船都已回到小岛边上了，却还是有多艘惨遭翻覆。船上，也载着后来成为我们父亲的男人，幸好，他总算游回岛上捡回一命。侥幸生还的，只有包括我们父亲在内的十几名年轻男子。从此，岛上据说就完全没有某个年龄层的男人了。我那两个年纪相差很多的兄长，就是在那次暴风雨中不幸失去了他们的亲生父亲。

不过，据说美空罗大人当时很高兴地说，就是因为尼世罗死了丈夫之后再嫁，才有加美空和波间的诞生。听说当时美空罗大人甚至还召集岛民如此宣布。她说任何事都有好的一面与坏的一面，神已经如此向我们揭示这个道理了，我们必须从好坏两面去看，大家一起克服悲伤，往好处去想。

的确，虽然加美空被带离我们身边，必须不断接受艰苦的训练以便成为大巫女，但她也因此得以天天吃到美味大餐。即使许多岛民活活饿死，加美空想必还是会独自活下来吧。

那么，等着我的又是什么命运呢？我一边这么暗忖，一边抱紧装有加美空食物的篮子，顶着强风步行。瘦小单薄的身体几乎被风吹走，令我非常害怕。可是，今晚的篮子发出的香味特别诱人。虽然晚餐早就吃过了,但是闻到香味,我的肚子还是咕噜咕噜叫。我和母亲今天用来果腹的只有艾草与海藻,不过至少有东西可吃,已算是幸运的了。母亲告诉我,有些家庭只有老人或是家境贫穷,没有任何可吃的东西,只能带着锐利的眼神,在暴风中的海滩上走来走去。

今天的篮子里,好像放了蒸熟的麻糬、海蛇浓汤、山羊肉。不过,我早就知道,今天和平时不同。今天一早,美空罗大人就专程来跟母亲传达了某些消息。母亲后来便和女性亲属们冒着狂风,去"神圣标记"那边采摘杭子的果实。杭子的果实沾到手上,会把指甲染得鲜红。小时候,我和加美空常用杭子的汁液涂抹指甲玩。母亲用杭子的果实做什么我不知道,但篮中好像放了什么特别的大餐。

不过,我现在已无暇顾及那些了。走着走着,风越来越强。家家户户畏惧强风,都把门窗紧闭。槟榔树与橄树猛烈摇动发出沙沙的声响,就像巨大生物不停扭动,令我感到毛骨悚然。平日熟悉的路径也变得截然不同。波涛打上崖壁的声音轰隆隆的,仿佛在敲打小岛。这一刻,仿佛传说中降临北岬的天神正以暴虐之姿在岛上走来走去,令我惊恐莫名。

我急忙赶往美空罗大人的小屋。小屋门前,放着为了避免被强风吹走特地用大块珊瑚压在上头的槟榔篮。那是我昨天送来的加美空的餐点。我把今天的篮子放下,拿起昨天的篮子。怎么会这样呢？篮中食物几乎分毫未少。

"是波间吗？"

门开了，美空罗大人自屋中现身。

"美空罗大人，加美空是不是哪里不舒服？食物好像一点也没少。"

我拎起重量不变的篮子示意。意外的是，美空罗大人竟然笑眯眯地说：

"不要紧。波间你不用想太多。乖乖遵照吩咐，拿去海岬倒掉吧。加美空开始有月事了。"

加美空的身体，已经可以生小孩了。想到加美空今后的命运，这是天大的喜讯。但是，我却惊愕得呆然伫立。我想到的是，加美空终于走到我再也无法触及的另一个世界了。我很想跟加美空说一声恭喜，站在小屋前磨蹭了半天，可是加美空终究还是没出现。我只好死心，在暴风中迈步前行。

"波间。"

突然间，从漆黑的树丛中传来男人的声音，吓得我差点把篮子掉在地上。可是，眼前空无一人。正当我以为是自己把风声听错了之际，声音再次响起。

"波间，请你先别走。"

"谁？"

"抱歉吓到你了。"

男人依然没有现身。男人们几乎都出海捕鱼去了,岛上顶多只剩下老弱妇孺与病号。但是,这个男人的声音很年轻。到底会是谁呢?我凝目朝黑暗中望去。

"是我。我是真人。"

是海龟家的真人。他是家中的长子,今年十六岁,已是可以出海的年纪,却被禁止出海捕鱼。我很困惑,不知如何是好,不禁垂下头。因为按照岛上的规矩,绝不能与海龟家的人说话。可是,想起真人夹在一群女人之间,在海滩捡拾海藻与贝类时的表情,不知为何我竟心口一痛,无法对他视而不见。和女人一起工作本该是种屈辱,但真人那张浅黑色面孔上浮现的,却是无论如何都要设法取得食物的焦急,是他渴望带给家人食物的悲哀心愿。而那,也深刻地传达给了我。我小声打招呼:

"晚上好,真人。"

真人看似如释重负地在我面前现身。大概是怕我被人发现违反岛规,所以之前才不敢现身吧。

"波间,不好意思,让你跟我这种人说话。我们小心点别被人看到。"

真人的个子远比我高,有一副最适合当渔夫的强壮体格。但是,真人似乎不想让任何人发觉他那种体格,平日总是弯腰驼背。

"真人，你用不着在意那种事。"

"那可不行。"

真人小心翼翼地四下张望。海龟家据说是被诅咒的家族，遭到了村八分（江户时代之后村落私下的制裁。对于不守村规者，村民会集体与那家人绝交。——译者注）。村八分的规矩很残忍。本来，岛上男人应该互相帮助一同捕鱼，可是遭到村八分的人家，不准出海捕鱼。不能去捕鱼，就等于是被宣告只能等着活活饿死。

"可是，我也好不到哪去，也有人说我不洁不肯跟我说话。"

我忍不住说出平日的不满。美空罗大人和母亲，虽然只有在加美空六岁生日那天说过我"不洁"，但即便如此，在岛民之中，还是有少数人一看到我就撇开眼不肯跟我说话。

"那种事你用不着在意。"

这次轮到真人说同样的话安慰我，我们不由得面面相觑，笑了出来。

其实，我私底下很同情真人那个家族。因为，海龟家是仅次于大巫女——也就是我们海蛇家——的第二顺位巫女家族。如果大巫女家没有生出继承人，第二顺位的巫女家就必须献上女孩。可是，海龟家不知何故只会生男孩。以这个真人为首，已经连续生了七个都是男孩。真人的母亲为了不让家族断绝，拼命试图生女儿，可是每次生下来的宝宝总是男的，而且一生下来就立刻夭折。现在，他们兄弟之中，据说只剩下真人、二人、三人这三个年纪最大的孩子还活着。

"你母亲还好吗？"

被我这么一问，真人露出如释重负的表情。强悍的眼神与清秀的面貌，清楚表明真人是比任何人都优秀的好男儿。如果能出海，他一定会成为了不起的渔夫吧。可是，真人的声调很低，很消沉。

"唉，其实她好像又要生宝宝了。"

"那很好呀。"

我略带踌躇地恭喜他。

"我母亲好像认定这次一定会生女儿，可是谁知道呢。"

真人叹息着说。如果生不出女儿，这个家族便永远无法摆脱诅咒。真人他们三兄弟，也只能以岛外人的身份过日子。可是，真人的母亲应该已经年近四十了。但如果不赌命生产，就无法在这岛上生存下去。

"你放心，一定会生女儿的。"

我怀着祈愿的心情说。

"但愿如此。波间，其实我有事想求你。"真人说着，难以启齿地垂下头，"那个篮子里，装着加美空吃剩的食物吧？"

我大吃一惊，连忙试图把篮子藏到身后。美空罗大人和母亲吩咐过我，绝对不能告诉任何人。可是，真人如此说道："你用不着掩饰。岛上的人，全都知道这件事。"

原来如此啊，我仰望着真人的面孔。真人一脸苦涩，开口恳求我：

"如果还有一点残羹剩饭，你能不能不要扔掉，把那些食物给我？我想替我母亲补充营养。否则，她会死掉的。"

这个出乎意料的请求，令我慌了手脚。

"可是美空罗大人……"我才开口，就被真人打断。

"我知道。加美空吃过的东西，不能让任何人碰触。这是岛规。但是，我家现在濒临危机。我母亲生下的弟弟们已经连续四胎都夭折了。现在，她即将生下第八个孩子。虽然我母亲坚称她有预感这次会是女儿，但我担心她毫无体力，恐怕会在生产时死掉。我求求你，能不能把那些食物给我？我已有遭到惩罚的心理准备。"

如果我不答应，真人该不会动手抢过去吧？我看着一脸绝望拼命恳求我的真人的双眼，黑暗中，只有眼白的部分发光。当我察觉那是泪水时，我递上了篮子。

"只有今天破例。"

"谢谢，真的很谢谢你。你的恩情我永志不忘。"

真人向我鞠躬道谢，但我忽然一阵害怕，连忙转身朝背后望。狂风撼动树木的声音，听起来很像脚步声。

"慢着,篮子得还给我。还有,美空罗大人一定正在留神听我把食物倒入海中的声音,所以必须找些替代品扔进海里。快点。"

我焦急地说。如果东西落海的声音比平时慢,美空罗大人说不定会出门来查看情况。

真人的反应很快,当下毫不畏惧过敏发痒,从路旁采来姑婆芋的大叶子。我打开篮盖,把食物挪到叶片上。这时,我发觉麻糬用杭子的汁液染成红色。原来这是贺喜的麻糬。那些麻糬几乎原封不动地剩着。惊讶的我,一不小心将装在土瓶中的海蛇汤洒出来。浓稠的汤汁,滑过我与真人的手腕,滴落地面。顿时,丰盛的食物香味在周边弥漫开来。我和真人同时咽下一口口水,面面相觑。突然间,我的泪水夺眶而出。这种心情该如何形容,我不知道。也许是头一次发现与自己无缘的世界,因此悲从中来。

我看到真人的手也在微微颤抖。真人也在害怕。得知这点,我的心情总算稍微平静下来。

"请把这些带给你母亲吧。"

真人一边点头,一边急急忙忙地用叶片把食物包起裹成一团,同时,在空篮中,同样用姑婆芋的叶片包裹沙土放进去。

"谢谢你,波间。"

真人再三道谢,不胜惋惜地踩踏洒在地上的海蛇汤消灭痕迹。我看他这样,忍不住主动说道:

"真人,明天我也给你,你这个时间过来。下次你要记得自备容器。"

"你的大恩我永志不忘!"真人小声道谢,在黑暗中跑远了。大概是要回到位于村外、已濒倾颓的小屋吧。这个岛很小,所以岛民向来互助合作,无论是搭建小屋、打造船只还是修理渔网。可是,遭到全村排挤的海龟家,得不到任何人的帮助,想必在各方面都很窘困。

我急忙赶往崖边,把篮子倒扣过来,将里面的东西倒进海中。比起平时,落水的声音好像更快,也更响。在强风呼啸中,我为自己的罪孽之深而战栗,竟无法离开。因为想到自己犯下的是滔天大罪,恐惧流窜全身。但是,背叛美空罗大人——不,背叛岛规,却也令我隐约有点痛快。也许是因为心中一隅暗自感到,眼见有人没东西可吃都快饿死了还把美食倒掉,这怎么想都太没道理吧。

我转身准备回家,赫然发现身后杵着人影,令我大吃一惊。是加美空站在那里。

"你怎么了,这么吃惊?"

加美空笑了。我们已很久没在外头见面。加美空已比我高出一个头,变得丰腴又美丽。

"那是因为你出现得太突然了。"

我胆战心惊地说。我不安地暗自思忖，加美空该不会看到我与真人私会吧。加美空嫣然一笑。

"风太大了，所以我不放心过来看看。波间要是掉下山崖那就糟了。"

过去也曾有无数夜晚吹起狂风，可是偏偏在真人出现的这晚，加美空也出现了，这该作何解释呢？我讶异地暗想。难道说，这是美空罗大人幻化成加美空的模样出现？我不发一语地盯着加美空。于是，加美空一脸讶异地问我：

"你怎么了，波间？我们可是好久没见面了呢。"

在她的左颊上看到那个跟孩提时代一样的酒窝时，我当下确定这是加美空没错，总算松了一口气。我连忙向她道谢，却还有点手足无措，在加美空听来或许有点见外。

"谢谢你的关心。"

"拜托你不要说话这么客套好吗？"

加美空似乎很失望，露出成熟的表情。开始有月事，就表示她迟早会许配给某人，不停地生产，直到生出女儿为止。就像真人的母亲。

"对不起，我没那个意思。"

听到我道歉，加美空走近，把她丰腴绵软的手放在我肩上。

"好久不见了,波间。我好想你。"

"我也是。"

虽然嘴上这么回答,但我还是很不安。万一加美空真的看到我把食物给真人,那该怎么办呢?加美空说不定会向美空罗大人告状,害我俩遭到惩罚。不仅如此,也许还会把我跟真人全家人一起赶出小岛。遭到放逐者,必须在严冬北风呼啸时,坐上坏掉的小舟,被迫勉强出海。不久之后,那艘小舟总是会空着漂回。我的心跳加快。不会吧,温柔的加美空不可能做出那种事。可是,正当我沉默地呆然伫立之际,加美空突然鼻子窸窣作响,做出嗅闻我衣服袖口的动作。

"咦,有浓汤的气味。"

我故作不解地略歪脑袋,假装若无其事。

"大概是刚才倒掉时沾到手上了吧。"

"也对哦,一定是这样。我啊,每次都好想让波间也喝喝那个。每次剩下一半,就是因为我想分一半给波间吃。"

加美空说得万分歉疚,害我差点掉眼泪。一切都已太迟了。正如加美空已变成成熟女子去了另一个世界,这天的我与真人,也去了和美空罗大人及加美空所在之处截然不同的世界。去了违反岛规的世界。我好不容易才挤出声音对加美空说:

"加美空,刚才我听美空罗大人说了,听说你开始有月事了是吧。恭喜。"

"谢谢。"加美空表情疲懒地道谢,然后,突然发话,"最近,真人还好吗?"

我当下慌了手脚。难道加美空真的看见我把食物交给真人了?

"最近都没见到他,所以我也不知道。你干吗问我这个?"

说谎的我,连声音都在发抖。可是,我很想知道加美空的真正想法。她究竟是要向美空罗大人告我们的状,还是要站在我们这边?结果,加美空是这么说的:

"波间,告诉你一个秘密,你绝对不能跟任何人说哦。"

加美空环视四周:"我啊,不是开始有月事了嘛。如果命中注定我非生小孩不可,那我希望是替真人那样的人生小孩。可是,美空罗大人警告我,真人家遭到诅咒所以不行。好可惜哦。"

我不知该怎么回答才好,只能垂下头。于是,加美空拉起我的手,如此说道:

"替自己不喜欢的男人生小孩,那很讨厌对不对?"

见我勉强点头同意,加美空一脸羞涩地咕哝:

"对不起,跟你说这种话。除了美空罗大人我都不能跟别人说话,所以只是有点想跟你说说心里话。你别放在心上。"

"没关系。谢谢你肯告诉我。"

加美空是知道我与真人私会,才这样先发制人吗?抑或,是真的打从心底想向我倾诉?我犹在迟疑之际,加美空已挥挥手。

"那就不聊了,改天见。被美空罗大人发现会挨骂,所以我该回去了。回程自己要小心哦,可别被风吹跑了。"

加美空朝着美空罗大人的小屋,走林中小径回去了。加美空的手心余温犹在我肩头残留。还有,加美空说的话亦然。"我希望是替真人那样的人生小孩。"或许加美空喜欢真人,所以才对我擅自给他食物的行为不予追究。如果加美空真的想跟我谈心那是好事,如果不是这样,那我也许落了把柄在她手里。这天,我深切感受到,加美空是站在我与真人面前的高高的掌权者。

翌日,众人担忧的暴风雨终于来到岛上,掀起一阵大乱。强风暴雨交加。不过,我还是得去送食物。母亲在我身上披上大片芭蕉叶,再用绳子一圈又一圈地替我缠紧。可是,对付强风还是不管用,只见一片飞掉、两片剥落,我全身湿透,总算抵达美空罗大人的小屋前。门前放着昨夜的篮子。一拿起来沉甸甸的,换作平时我一定会很忧郁,可是这天我却暗自窃喜。因为我在想，真人一定会很高兴吧。我用新篮子交换旧篮子，门后忽然传来加美空的声音：

"波间，回程要小心强风哦。美空罗大人正在祈祷所祷告。"

祈祷所，据说位于清井户的神圣森林中心。美空罗大人大概正在那里专心一意地祈求船只平安吧。不过话说回来，加美空特地告诉我美空罗大人在何处，该不会是因为知道真人会来找我吧？我暗自怀疑，但另一方面，却又不得不觉得，就算真是这样，加美空也是站在我这边的，她不可能出卖我。虽然毫无根据，但我依然抱有我们毕竟是好姐妹的信赖感。

我一边注意倒下的树木，一边走过路兜丛生的小径。路兜树长满了刺，如果倒下来被砸到会很危险。浑身湿透的真人，正在昨天那个地方等我。他跟我一样在身上披着大片芭蕉叶，但几乎完全不管用。

"波间，这种天气你也不休息啊。真辛苦。"

真人慰问我，但我很焦急。

"真人，快点。否则食物会淋湿。"

我冷得浑身哆嗦，几乎连话都说不好。真人果然依我所言，带来了槟榔叶编成的篮子和月桃叶包裹的东西。

"那是什么？"

"里面包的是沙子。"

我把食物交给真人，把装满沙子的叶片放进篮中迈步走出。突然，真人拽住我湿淋淋的手臂。

"慢着，岬角顶端的风很强。我替你去丢。"

"不行。美空罗大人正在祈祷所，说不定会被她看见。"

"无所谓。与其让你死掉，我宁愿遭到放逐，被判死罪。"

听到这种从来没人对我说过的话，我呆立原地有如麻痹。真人硬生生从我的手里抢过篮子，朝岬角顶端匍匐前进。连真人这么强壮的人都得这么做才能避免危险，可见风雨有多强。然后，他从崖上倒掉篮中食物回来了。

"波间你太轻了，一定会被风吹走。"

纵使我真的被吹走，想必自翌日起也会有别人来送饭吧。这就是岛规。不过话说回来，我从昨夜起就一再背叛美空罗大人，我把食物交给真人，让真人替我倒掉假食物。纵使加美空守口如瓶，难道美空罗大人就不会发现我的所作所为吗？我迟早会遭到惩罚。那将是怎样的惩罚呢？这么一想，我当下吓得浑身战栗。

"你怎么了？"

真人在被强风撼动的榕树下问我。

"我怕遭到惩罚。"

突然间，真人一把将我抱进怀中，对我喺语：

"怎么可能被罚，我一定会保护你。"

但是真人嘴上这么说，话音却同样带着颤抖。全身湿透的我们就这么颤抖着拥抱许久。犯戒令我呆然，仿佛在走投无路的当下，只能通过拥抱来确认彼此的存在。然而，有了一个坚强的伙伴，也令我心神恍惚。我真的好喜欢真人。

"我送你到你家附近。"

真人拉起我的手，抱着空篮迈步前行。强风夹带树枝和小石子打来。海边则浪涛汹涌，随风飞溅，害我们浑身湿透，就像在海中溺水。对我来说，那些仿佛都是对我们犯戒的制裁，我无力抗拒。但是，我们还是顶着暴风雨，拼命往前走。

"你母亲的身体怎么样了？"

我在真人的耳边大吼。风雨强得如果不这样做根本无法交谈。我家已遥遥在望。真人的声音带着阴霾。

"她一口都不肯吃。她好像已隐约猜到我是从哪儿拿来那些食物的。她忧心忡忡地哭着说，我会遭到惩罚。"

"那么，今天的饭菜呢？"

"我会说服她。否则她只能等死。如果我母亲死了，我父亲和我们三兄弟在这岛上也毫无价值，到时全家只有死路一条。波间，明天见。"

真人毅然决然地说完就走了。对我来说，真人的坚强是我此生首见。因为岛民人人皆受规矩束缚，大家都怕遭人议论，所以瞻前顾后地过日子。

没错，明天也跟真人见面吧。这么一想，明天的来临变得非常令人期待，在看到真人之前，我决心一定要尽量想办法活下去，我暗想。而这，也是初次令我心如小鹿乱撞的感情。

我们开始每晚见面。我把篮中食物交给他，再从岬角倒掉假食物后，我们就边聊边踏着夜路回家。当然，一边还得提防被岛民看见。

然而，真人的母亲第八次分娩生下的还是男婴。那个男婴，听说也在出生后立刻夭折了。岛上的人纷纷议论海龟家果然受了诅咒。那天和隔天，真人都没露面。那两天我躲在路兜树后等了好一阵子，真人还是没出现，所以我只好独自把食物倒掉回家。好久没丢弃食物了，想到自己在做暴殄天物的行为，我就心痛。

真人的小弟弟夭折后的第三天晚上，他终于从密林中现身。那晚正逢满月，所以我可以清楚看出，真人的脸憔悴得可怕。他衣衫不整，平日总是用草绑起的长发也随意披散在肩上。我深感同情，走近真人。

"真人，这三天你到哪儿去了？"

"举行丧礼，去了网井户。"

"真可怜。你母亲怎么样？"

"她很沮丧。她悲叹也许是因为她没吃我带回去的食物。

她说从今以后为了宝宝,还有,为了我们在岛上的生存,她一定会什么都吃。"

"从今以后?"

"不是啦,她是说下次怀孕的时候。"

真人看似难以启齿。一再怀孕,肯定很伤身子。我指指篮子。这天的篮中,也剩了大量食物。

"那么,这些食物怎么办?"

真人陷入沉思。我见聊得太久,连忙偷偷窥看四周情况。这样的月夜,声音可能会传得很远,所以必须小心点。万一有谁躲在暗处窥视我们,单是这么想想我就已吓得快哭出来了。真人的丹凤眼,在月光下闪闪发亮。

"波间,与其倒掉,不如我俩自己吃掉吧。就算两人一起犯戒,也要设法活下去。"

我惊愕地倒退。真人从我的手上扯过篮子,掀开盖子。于是,正如加美空所言,就像要特地留给谁似的,每样菜肴都刚好剩下一半。山羊肉一半,海龟汤一半,鱼一半。加美空说过,她想留给我吃,但她也许知道自己吃剩的食物可以帮助真人家。我很想把此事告诉真人,却又有点犹豫。因为,加美空说过她希望替真人生小孩。是的,我嫉妒加美空。

"波间,吃吧。"

真人压根没注意到食物全都刚好剩下一半,硬是把山羊肉往我嘴里塞。他自己也用手抓着吃。奇妙的味道顿时在口中扩散。我只顾着害怕又犯下一桩新罪，根本吃不出东西好不好吃。想必，真人也一样吧。我们边吃边凝视彼此的双眼，一转眼就把加美空吃剩的佳肴全都塞进嘴里，再用叶片包裹沙子放进篮中，从岬角倒掉。终于吃进体内了，会遭到惩罚的。现在吐出还来得及吗？可是，我的舌头已牢牢记住味道。焦虑的我，小手被真人的大掌包住。

"波间，如果真有惩罚，那也是由我来承受，你放心吧。"

可是，我总觉得事情不会就这么算了，似乎正有更大的灾厄潜藏，令我无法回答真人。

真人把我送回家后，我依旧忧惧自己罪孽深重，因此很消沉。母亲看着我，好像很想问我什么，但我当然只字未语。

翌晨，我在床上发出尖叫。我竟然睡得满身是血。我终于遭到惩罚，就要死掉了，当我这么觉悟之际，来看我发生什么事的母亲欣然微笑。

"波间，你长大了。"

原来我也跟加美空一样，开始有月事了。我虽然松了一口气，但是想起昨晚，不免暗忖是否有什么关联，但是想来想去还是不明白。

我成为女人的这天，是五月晴朗干爽的美好日子。中午过后，我实在坐立难安，索性一个人去小岛北边，采摘生长在"神圣标记"巨岩旁的杭子果实。然后，就像小时候跟加美空常做的，用石头把果实砸烂，将双手指甲染得嫣红。因为没有人替我庆祝长大，我只好自己庆祝。红色的指甲，和蓝天白沙相映成趣，倒也别有一种美丽风情。这时，清爽的海风吹来，拂过我的脸颊。小岛北边是岛上最高处，所以风很凉，吹起来很舒服。我觉得心情好像也豁然开朗，当下暗想，只要能跟真人在一起，就算受罚也没关系。

回到家，母亲对我的嫣红指尖投以一瞥。

"你的指甲，是怎么回事？"

我赫然一惊，连忙藏起指尖。

"我去捡杭子的果实了。"

我试图辩解，但母亲的目光已移开。也许母亲已经发现我偷看过庆祝加美空初潮来临的染色红麻糬。我与真人的背叛，先是被真人的母亲发现，说不定加美空也知情，而母亲，或许要不了多久也会知道吧。在这样的辗转过程中，说不定迟早也会传入美空罗大人和岛长的耳中。想到这里，我顿感畏惧，但我也无法忘怀在岬角感受到的清风。

就这样，我与真人偷吃加美空剩下的食物，一再犯戒，直到真人的母亲再度怀孕，需要补充营养。我们长得比周遭的人都高，体态也变得更丰腴。

也许，我们后来能够熬过漫长艰苦的海上航行，就是因为偷吃了加美空的剩饭。此外，或也因此，我才能在小舟上照样平安无事地生下了夜宵。

当我的命运面临巨变——不，是得知我真正的命运时，我压根不觉得，那是我违反岛规的报应。我毋宁深信，正因为违反了岛规，我才得以与真正的命运搏斗。

3

巨变，在四年后降临。这年加美空十七岁，真人二十岁，而我已满十六岁。美空罗大人去世了。她倒在清井户的岬角，撒手人寰。据说当时她正在眺望男人们在出海一年后平安归来的渔船。也许是看到最后一艘船也进了港，当下大感安心，听说她旋即向后一倒不省人事。那个地点，说来很巧，正是我丢弃谎称加美空的剩饭、实则是真人准备的假食物的那个岬角顶端。所以，听到美空罗大人的死讯，在萌生巨大失落感的同时，若说也暗怀一种解脱感，此言绝不为过。换言之，我这才头一次发现，我在岛上最尊敬也最畏惧的人原来是美空罗大人。现在，那个美空罗大人已不在人世，对此我竟窃喜在心，这罪孽是何等深重啊。我本想把这个想法告诉真人，但岛上正陷入大乱，被众人视为受到诅咒避如蛇蝎的真人，自然不可能跟我公然见面。可是那时，我有一件事非和真人商量不可。

不过话说回来，美空罗大人的猝死令人措手不及，甚至来不及感到伤心，所以这究竟是真是梦，我觉得好像得一再确认才行。美空罗大人的死，也就预示着加美空成为大巫女的日子来临。岛上虽然看似仍沉浸在深切的悲痛中，但不可否认的是，也流露出庆幸年轻的加美空即将成为大巫女的热闹气氛。

在岛上，唯有年满十六岁，才能被视为独立的成人。从此男人可以风风光光地出海捕鱼，女人可以参加祈祷与祭祀。我也终于得以进入清井户与网井户的圣地，但我做梦也没想到，我头一次进入圣地，竟是为了美空罗大人的葬礼。

而且，我的第一次经验，不只是得以参加祈祷与祭祀。我有个无法告诉任何人的秘密。大约两个月前，我与真人终于发生了肉体关系。对于男人们即将返回岛上的焦虑，不仅是我，想必真人也有吧。因为，一旦岛上挤满男人，夜晚便会属于男人。年轻男人会在岛上四处徘徊，寻找单身女子。虽然负责送饭给加美空的我有任务在身，所以谁也不敢出手招惹我，但若想与真人私会就得提高警觉了。

当然，岛上有严格规定。不得随便多出一张嘴吃饭，换言之也就是不能随便增加岛上人口。有资格增产的家庭早已决定。那就是与掌权者(岛长)相关、自古以来血统优良的家族，以及我家和真人家这种与祭祀有关的人。真人家遭到诅咒，无法递补新的巫女，所以真人他们三兄弟按照规定是不能生小孩的。

但是男人依然会追求女人，所以有时还是会意外生子。意外诞生的小孩，会被岛长下令杀害。此外，如果老人增多，有时也会被关进海边小屋锁起来，活活饿死。我生长的小岛，就是这么残酷的地方。明明这些事我全都明白，但深爱真人的我还是只想被他紧紧拥在怀中。

这是何等罪孽深重啊。真人似乎也有同样的想法，我们幽会时，总是充满了只要再踏出一步就会越线的危惧。而且，我们深受那种危惧吸引，终于越线偷尝禁果，一旦越了线，从此更加沉沦在爱欲中。我想那时的我，心底或许甚至怀抱着一种优越感，觉得自己比加美空幸福。

是我太愚蠢。因为，我怀了真人的孩子。不得不与真人商量的，就是这件事。

话题回到美空罗大人的葬礼。那天，我头一次奉命穿上白衣站在家门前。抬着美空罗大人棺木的送葬队伍，从东边的清井户朝西边网井户的死者广场前进。抬棺的男人们一律穿着同样的白衣。他们的脚步整齐划一，一边重复吟唱着这样的歌一边缓缓步行：

大巫女的

就此隐身

贵姐妹的

就此隐身

送葬队伍经过每家门前时都有人加入，所以等到抵达网井户时，已成了长长的送葬队伍。当然，棺木不会经过遭到村八分的真人家门前。海龟家的人，即便是这种丧葬仪式，也被排除在外。

我等待送葬队伍走近，与父母兄长和叔伯们紧张地站在一起。这时，我发现还有一具棺木。和美空罗大人气派的棺木比起来，另一具棺木很简陋。该不会是加美空死了吧？我的心中掀起惊涛骇浪。但，加美空紧跟在美空罗大人的棺木旁，姿势挺拔地走着。我松了一口气，重新打量在太阳下步行的加美空。加美空虽然看似悲痛地扭曲着脸，但她出落得越发美丽，仿佛在闪闪发光。此外，今后她将要代替美空罗大人扛下大巫女的重任，所以看起来好像也有点紧张。

走在送葬队伍前头的岛长来到我家，跟父亲耳语了某些话。父亲转过身来，吩咐我：

"波间，你跟在另一具棺木旁，走去网井户。"

我本想问问那究竟是谁的棺木，但母亲做出催我快去的动作，我只好慌忙加入送葬队伍。加美空看到我，微微一笑。我向姐姐嗫嚅：

"加美空，你过得好吗？"

加美空点头应了一声。

"这副棺木是谁的？"

加美空头也不抬地回答：

"波之上大人。"

我从未听过这个名字，所以惊讶地问加美空：

"那是谁？"

"美空罗大人的妹妹。所以，算是我们的姨婆。"

我连岛上有这样的人都不知道。我很想向加美空多打听一些，但抬棺的那群壮汉挡在我们之间，令我无法再问下去。

长年待在海上的年轻男人们晒出一身古铜色皮肤，正以强悍尖锐的眼神监视我们。而且，他们丝毫不掩饰对美丽的加美空露骨的好奇心。迟早，加美空为了生女儿，必须和现在在场的某个渔夫结婚。如果生不出孩子，就再换别的男人。或许因此，男人们才会互相牵制，偷偷观察加美空。

送葬队伍静静走进网井户中。路兜与榕树密林边上，树丛开了一个阴暗的缺口，形成必须排成一列纵队才走得进去的羊肠小道。那是与通往北方岬角的"神圣标记"一模一样的场所。我伴随波之上大人的棺木，钻过树木隧道，顿时，眼前出现了豁然开阔的圆形场所。正面，可以看到石灰岩洞窟兀然张口。想必那个洞窟就是岛上的坟场吧。一旁有一间不知是否属于坟场看守人的茅顶小屋。美空罗大人和波之上大人的棺木，被轻轻放置在洞窟前。初次见识的坟场景象令我倒抽一口气，一心只想尽快从这里脱身。这个地方实在太荒凉、太寂寥了。

加美空拔身而起，用清亮的嗓音引吭高歌：

今日斯日
隐身于神之庭园
遨游于神之庭园
等待于神之庭园
自天而降
渡海而来
今日斯日
虔诚膜拜

男人们配合加美空的歌声，扯起粗厚的嗓子唱出之前的送葬歌曲应和。头一次参加丧礼的我，模仿其他女人低头双手合十。一群壮汉起身，把棺木抬进漆黑的洞窟中。首先是美空罗大人，然后轮到波之上大人。继而，他们像在畏怯什么似的惶恐垂眼,倒退着离开广场。女人们也垂下眼帘不看洞窟,同样倒退着离开。这表示,要在传说中的死者广场,静待死者前往小岛底部吗?我兴味盎然地打量这一幕。这时,加美空来到我身旁,一边凝视我一边唱起送葬之歌:

大巫女的
就此隐身
贵姐妹的
就此隐身

然后,她敲响白贝壳,行个礼便离去了。我也想随她而去,但岛长和我父亲挡住了我的去路。

"波间,你不能离开这里。"

我愕然呆立。他们在说什么,我压根不明白。

"从今天起你将住在网井户。加美空是'阳',是为光明国度服务的大巫女,必须住在旭日东升的东方清井户。而你是'阴',是为了替幽冥国度服务而诞生的。你的住处,是太阳西沉的西方网井户。"

我大吃一惊,放眼眺望盖在死者洞窟旁的小屋。即便听到那里将是我的住处这种惊人宣告,一时之间我也反应不过来。我只能茫然呆立。这时,岛长下令道:

"波间,从今天起的二十九天内,你必须天天打开棺盖,确认美空罗大人和波之上大人是否复活。还有,你再也不能回到村子。我们会把食物放在网井户的入口,你就吃那个。水井位于小屋后面。你用不着担心。"

"那么,岛长大人,我再也不能与父母一起生活了吗?"

当下,晒得黝黑的父亲满面悲痛地说:

"等我们其中之一死了就能见面了。"

"我不要!父亲,请你救我。母亲,救救我!"

我紧抓着父亲白衣的衣摆恳求,但父亲甩开了我的手。

"好了,波间,别丢人现眼。之前一直没告诉你,是因为必须由加美空亲口转达。你是诞生于岛上最重要家族的幽冥国度巫女,所以不可能改变命运。你的存在就是为了协助死者顺利前往幽冥之国。所以你一定要好好执行你的任务。"

听到必须由加美空亲口转达,我终于明白加美空眼中流露的悲哀是什么了。

"可是加美空什么也没跟我说过。"

岛长与父亲惊愕地面面相觑,但岛长随即以严肃的声音宣布:

"那我现在正式告诉你岛规。生于大巫女之家,与巫女中间隔了一代的长女,必须效命光明之国;次女则效命幽冥之国。岛上的太阳照亮白昼后，沉入海中绕行岛底一周照亮海底，之后再次自东升起。长女守护岛的白昼，次女守护岛的黑夜，职责就是统领岛的海底。岛的黑夜，就是死者们居住的世界。长女为了不让大巫女的血统断绝，必须生下女儿继承。次女则仅限一代，不得与男人交媾。"

岛长仰头眺望西方天空，正值下午的太阳沉入海中。夕阳染红了他的白胡子。

"请等一下，岛长大人，"我拼命恳求，"那么，如果之前是波之上大人守护岛的黑夜，为什么我毫不知情？还有，为什么她要与美空罗大人一起安葬？"

岛长发出叹息。

"波之上大人在美空罗大人继任大巫女的同时，被送进这间小屋，在此悄悄生活。所以，谁都看不到她。当然，大人们每逢葬礼会来网井户，所以会见到波之上大人。"

"我明白了。那么，她为什么会与美空罗大人一起过世呢？"

"太阳既然不再升起，黑夜当然也不会再现。"

也就是说，随着美空罗大人死去，波之上大人也不得不结束生命吗？祈求美空罗大人长寿，原来也包含这样的意思。如此说来，今后的我也得祈求加美空长寿吗？之前听母亲说起时我还一头雾水，原来我与加美空是正负一对的关系。"阳"与"阴"。加美空六岁生日那天，美空罗大人看着我说我"不洁"的声音犹在耳边。原来我是不洁之人。可是，我与真人却偷吃了献给加美空的供品，还发生关系。甚至，我已怀有真人的孩子。得知真实命运的我当下大为恐慌，不知不觉中竟晕了过去。

等我醒来时，太阳早已西沉，四下一片漆黑。我被安放在广场中央柔软的草地上躺卧。当然，周遭已不见任何人影。月光下，放在洞窟中的棺木清晰可见。洞窟深处，似乎还并排放置着更多棺木。从未见过死者的我，吓得跪在地上乱爬，紧紧拽住野草。我惊恐欲狂。想到若能就这么死掉该有多好，我萌生了跳海的念头。若要那么做，必须先离开网井户。可是，以我的力量恐怕爬不上山崖。我借着月光寻找出口。当我靠双手摸索走过树木隧道，企图逃出网井户时，我才发现入口设有栅门，根本出不去。我被关在坟场里了。这时，我看到父亲与大哥站在黑暗中，当下心头一喜，冲向栅门。

"父亲，大哥，快救救我。帮我搬开栅门。"

"装设栅门的时间，只有二十九天。之后就会拿开。这个栅门，是为了不让死灵离开网井户四处游荡。"

大哥低声说。两个哥哥，和我与加美空同母异父，所以向来很少亲密交谈。但是，从他的语气中可以感受到温情。

"大哥，整整二十九天都一个人待在这里，我会怕。"

哥哥为难地一径垂头。我隔着栅门伸手，想拽住父亲恳求，父亲却轻轻挥开我的手。

"波间，我知道你很可怜，但这是无可奈何的事。你应该也明白吧，谁都无法违反岛规。就像加美空，不也得一个人独居小屋不断祈祷，所以你也得与死者一起生活。我们出海捕鱼，也照样得在海上不断漂泊，其他的人也同样得忍受空腹之苦。在这岛上如果不按规定生活，就只能像海龟一族那样等着潦倒死在路边。"

父亲的声音低沉，融入远方的浪涛声听不太清，可是，在我听来却是句句分明。我已经逃不掉了。我只能像波之上大人一样，一辈子被关在网井户，每逢有人死亡便执行职务，直到加美空死亡为止。要是我怀孕的事曝光，说不定会被岛长杀掉。我不由高叫：

"我要见母亲！你叫她来！"

大哥一脸受不了的表情，带着怒意说：

"你已经不是小孩子了。看看人家加美空，她早从六岁起就已开始学习成为大巫女。你还能够度过幸福的童年，这样应该够了吧。"

我又哭又叫，但父亲与大哥头也不回地走了。我在栅门前一直站到黎明来临，因为我不敢去坟场。每晚自美空罗大人的小屋返家时与真人私会、偷吃供品、恩爱缠绵的过往犹如一场梦。牢固的栅门，看起来就像是把我赶到过去毫无所悉的世界、令我再也回不去的"神圣标记"。想到再也见不到真人，我不禁悲从中来。

天终于亮了，我按捺恐惧回到广场，走进波之上大人的小屋。茅顶小屋简陋逼仄，而且老旧。倾颓的架子上，整齐排放着夜光贝做成的汤匙与筷子、用漂流而来的椰子做的容器、土器等物品。窥知连见都没见过的波之上大人的简朴生活，我再次泪流不止。接下来要在这里生活的，就是我了。

忽然间，我很想看看波之上大人究竟长什么样，于是鼓起勇气走进洞窟。洞内，密密麻麻挤满腐朽的棺木，直到最深处。有几具小棺木，或许属于真人的几个弟弟吧。四下弥漫着既像湿气，又像东西腐败、难以形容的臭味。入口放着两具新棺。我悄悄掀开较粗糙的那具棺木盖子，里面躺着一个身材瘦小的白发老妇。我大吃一惊，忍不住叫了出来。那是我头一晚送食物给加美空时遇见的人。我以为是天神的人，原来就是波之上大人。她长得跟美空罗大人很像。早在我刚出生时，她就已住进网井户，成为幽冥之国的巫女。

"你还能够度过幸福的童年，这样应该够了吧。"

我想起大哥说的话。加美空是故意不告诉我的。而且，她想必对我和真人偷吃供品的事也早就心知肚明。拜加美空所赐，我的确得以度过"幸福的童年"，但果真如此吗？不，对于身为不洁者的我而言，根本没有什么"幸福童年"。在我心中一隅，一直残留着当年在加美空那场庆生会上，被美空罗大人推回来时的手指触感。我的"幸福童年"，在那一刻便已宣告结束。虽然没有任何人说出口，但我不可能感受不到，现场俨然弥漫着对"不洁者"的哀悯与侮蔑。

没有人告诉我波之上大人的事，想必是因为我迟早也将被视为"不在场者"。那不叫恶意，那是远远更为巨大的恶意。在那种恶意面前，我犹如海底的一粒黑色小石子。海底，永远照不进阳光，把幽冥巫女称为统领小岛海底的巫女，这种说法岂不巧妙？

真人现在不知怎样了，我倏然担心起真人。他想必再也拿不到加美空的食物了吧。因为加美空为了生育下一代的大巫女与幽冥巫女，必然得趁着男人们还在岛上之际尽快举行婚礼。

美空罗大人的时代结束了，我看着另一具棺木，不由得如此深深感慨。只有我被迫与死者关在一起，在黑暗中。如果没遇到真人，或许现在也不会有这种感慨吧。

可怕的夜晚再次来临。白天还敢打开棺盖，窥看二人遗容的我，到了晚上却得独自与恐惧搏斗。想到波之上大人或许也是如此独自度过一生的，我的眼中自然浮现泪水。那晚，她大概是溜出网井户，偷偷眺望夜间的大海吧。

夜的国度，是死者之国，也是照不到阳光、又暗又深的海底之国。在太阳绕行岛下一周之际，我也得爬行于照不到光的海底石块之间，为死者祈祷。可是，我不知该怎么做。我在小屋中浑身哆嗦，等待太阳再次归来。

小屋外响起脚步声。也许是死灵与幽魂自洞窟出现，要包围我这个新人。我不知该怎么做才能镇住那些幽魂，想起葬礼时大人们的动作，我用尽全力双手合十垂下头。过于恐惧令我的牙齿不停打架。这时，小屋的门被敲响了。

"开门。"

是真人的声音。但我还是不敢相信，仍旧无法动弹。小屋的门开了，伫立着背对月光的高大身影。是真人。他不惜闯入不洁场所，来找我了。我欣喜若狂，扑进真人的怀中。温暖的胸膛，急促的心跳。抱在一起，才深深感到我们是活着的。活着的我令我既爱又怜，怎么也无法离开真人的怀抱。

"真人，我——"

我才开口，真人就用手指堵住我的嘴。

"我全都知道。美空罗大人或许正在倾听，所以你别说话。"

她明明已经死了，我当下悚然一惊。可是，也许灵魂还

在这世间徘徊,所以还是得小心。我流着泪,小声对真人说:

"我怀了你的孩子。"

真人好像很惊讶。他思索了半晌,用有力的声音在我耳畔嗫语:

"波间,我们逃离岛上吧。"

"怎么逃?"

就算能驾船离开,但海流汹涌,附近的海上又有男人们的渔船四处打转。纵使逃到邻近的岛上肯定也会被抓回来。不过,我曾听说在遥远的彼方有座大岛叫作大和,可惜谁也没去过那么远的地方。

"我先去准备小舟与粮食,你等我。"

我热切地拼命点头。想到美空罗大人的灵魂或许正竖耳倾听,我吓得要命。

"可是,真人,先等二十九天结束再说。"

"还要那么久?"

我也很讶异自己是否熬得过去,但我很同情那个被众人遗忘、据说只有举行葬礼时才能见到大家的波之上大人。想送那个曾对我一笑的波之上大人走完最后一程的心情胜过了一切。

"好吧。我会再来。"

真人说完,再度消失在黑暗中。父亲和兄长们一定守在网井户的入口以防我逃跑,所以他大概是从别的地方潜入的吧。我祈求真人不被发现,也虔诚默祷美空罗大人与波之上大人的灵魂安息。在我心中,燃起了以真人为名的希望。

数日后,美空罗大人与波之上大人的遗容,仿佛被削去皮肉般不约而同地产生变化。应该是开始腐烂了吧。洞窟中开始散发出尸臭。我虽害怕,但是亲眼看见二人的尸身腐坏,倒觉得跟腐坏的动物尸骸没两样。我想我一定是变得坚强了。

夜里,真人出现了。他悄悄走进小屋,二话不说就先抱紧我。我从真人身上感受到蓬勃生气,得以振作精神。真人低声把目前的情况快速告诉我:

"听说你母亲很担心,一直守在网井户旁边观望。至于加美空,将和鲛家的阿一结婚。据说等二十九天一过就会行礼完婚。我们如果要逃走,那晚最好。因为,到时大家都会喝得烂醉,要出海也得再过个几天。"

我松了一口气。到那时候,我的肚子想必已有点显眼了。如果待在网井户,谁也不会知道我珠胎暗结,但是倘若发现执掌死亡邪秽的我已非处女,岛长说不定会下令处死我。

"弄得到小舟吗?"

"我叫弟弟们帮忙,正在修补我爷爷的旧船。而且也在搜集食物。"

我把脸贴在真人的胸口。

"真人,你怎么知道进入网井户的路?"

"我一直都来这里看死去的弟弟们。波之上大人也知道。"

说不定真人也早就知道我的命运。我本想问他,但真人说声"我下次再来",便悄悄溜出小屋了。

真人每隔数日的来访,成为我的生存支柱。就像我以前为加美空做的,我吃着别人傍晚放在栅门前的食物,喝小屋后面的井水,每早打开棺盖检视尸体。两人身上的肉,渐渐开始腐化。可是,一旦下起仿佛连洞窟内部都被浸湿的豪雨,腐烂的臭味就会消失。

某晚,我觉得小屋四周似有脚步声,差点喊出"真人吗",旋即慌忙捂嘴。因为脚步声不止一人。是村里哪个人来了吗?我一边与恐惧战斗,悄悄开门一看,只见门口站着美空罗大人与波之上大人。二人亲密地手牵手,以生前的模样伫立。

"波间,谢谢你。"美空罗大人说,"我俩现在要出发了。"

波之上大人微微一笑,朝我挥手。二人如在草上滑行般走远,最后消失在林中。我在月光中偷偷尾随。我已不再害怕。毋宁说,见二人一脸愉悦,令我也不由得很想跟去。二人毫无滞碍地爬上网井户的山崖，从崖上倏然跳落海上。等我跌跌撞撞地好不容易爬上崖顶时，只见二人已在海上滑行离去。二十九天的任务终于完成了。我一屁股跌坐在地，然后哭了一场。

翌晨，走到网井户入口一看，栅门不见了，但我知道身为夜之国度巫女的我，再也不能跟以前一样于光天化日下在村中走动了。因为身为死者之国巫女的我，是不洁之人。

是夜，婚宴的喧嚣连网井户这边都听得见。有人打鼓，有人弹奏绷有两根弦的弦乐器，愉快的声音响彻远方。真人来接我了。我只从波之上大人的小屋带走了一根夜光贝做成的汤匙，在黑暗中，我与真人手牵手迈步前行。

最后，我们终于越过了通往北方岬角的"神圣标记"。我们一边留神不被路兜树的棘刺给刺到，一边不断朝北方前进。真人的船，将从除了大巫女之外任何岛民都禁止进入的北方岬角出航。管他会被巨浪吞没就此沉船，还是漂流到陌生岛屿，只要二人携手前进，就没什么好怕的。我想，我一定会在不知名的土地上，替真人生很多小孩吧。啊，二人携手得到的自由，一定很美好。我心如彩球不停跃动，一再转头仰望拿着火把朝路兜树林前进的真人的侧脸。我打从心底深爱真人，当时我以为，就算把生命献给真人也不足为惜。

前往黄泉国

Into The Realm of The Dead

1

我的死,毫无前兆,就这么突然降临。那是在一个无风无浪、无月无星、世界的一切仿佛都停止了的静谧黑夜发生的事。

一片漆黑中,载着我与丈夫真人以及宝宝的小舟,如摇篮般轻柔地随波晃动。舟中虽窄,但我把宝宝抱在胸前,真人再从我身后抱着我,我们一家三口安详地睡着了。

不意间,我忽然萌生前所未有的不安,不禁睁开眼。放眼所及尽是空无一物的黑暗夜空。黑夜令人感到无穷无尽,失去了时间感。我觉得自己几乎被宛如天盖的黑夜压扁。

我的身体很虚弱,除了长途航海的疲惫,一周前,又在海上刚刚分娩。生产的过程很痛苦。整整有一天一夜的时间,阵痛令我不停哭叫。不过,抱着总算平安生下的小女儿,我沉醉在完成一项大任务的喜悦,以及即将登陆大和的希望中。若说真有不安,顶多也只是担心在船上出生的小女儿是否能平安活到登陆。所以,那时我根本没预料到自己即将死亡。我为女儿取名"夜宵"。

这段日子的航行,只能说是奇迹。靠着这艘只要遇上暴风雨一转眼就会沉没的破旧小舟,整整航行了半年以上,其间就算发生任何事都不足为奇。但是,我们就像蒙谁庇佑似的运气绝佳。不仅一次也没碰上暴风雨，我和真人也都很健康。当然，并不是完全没发生过令人绝望的事。但是，不知为何，幸运之神总是立时出现助我们一臂之力。

无水可喝时，地平线彼方便转眼涌起团团乌云，降下甘甜温热的雨水。没食物可吃时，便遇上大群小鱼，或是有精疲力竭的候鸟掉到船上，仿佛主动求我们吃它。当我们的疲劳到达极限，再也无能为力时，风便突然轻轻吹来，把我们的船引导到小沙洲。那片沙洲，在汪洋中央若隐若现，只是一片珊瑚礁形成的脆弱土地，若有大浪来袭，恐将在转瞬之间消失在海中，甚至连小岛都称不上，但令人惊奇的是，中央竟源源不绝地涌出清水，生长着寥寥无几的槟榔树。我们做梦也没想到汪洋之中竟有这样的陆地，虽然半信半疑，还是在暌违数月后享受着脚底埋进沙中的触感，伸长手脚，把绿叶放进嘴里，畅饮一肚子的冰凉清水。我们在此得以休养生息，继续依然漫长的海上旅程。

这些好运，也许都是为了让我产下心爱的女儿。不，应该是在我抵达大和之前混淆我的视线，刻意让我走向那一位身边的安排吧。然而无知的我，却自以为我们还年轻，什么都做得到，一径沉醉在幸福中。这是多么傲慢啊。而且，生下女儿的那天，也许是因为天气异常晴朗，远方隐约可以眺见的巨大岛影，也带给我们强烈的希望。

"那座大岛,一定就是大和,辛苦的航海终于即将结束了。"

真人对着闭眼躺卧的我呢喃。我非常疲惫,却还是忍不住微笑,因为我怀抱着马上就能抵达大岛的期待。等我们到了大和,就在海边盖个小屋,过着虽穷却幸福的生活吧——我与真人每次总是这么说。因为我的女儿,幸运地得以逃离了岛上的"秩序"。

可是,现在回想起来,真是大错特错。枉我身为命中注定要效命夜之国度的巫女,却犯下违抗宿命的大罪,爱上家族遭到诅咒的男人,并和他一起逃出岛上,生下小孩。而那一位,不但没惩罚这样的我,还把我带到她的身边。我深深感激她的宽恕。

2

那是在我因不祥预感而醒来,仰望夜空的时候。某处,泼剌一声传来鱼跃出水面的声音。我吃了一惊,转头回望,只见遥远的彼方一道闪电划过漆黑夜空。那一瞬间倏然大放光明,极目望去甚至可见远方的浪头闪着白光。我隐然有点害怕,虽然身在海上,却如徘徊于黑暗的苍茫荒野般无助,我用力抱紧女儿,不让任何人夺走。真人惊讶地问:

"你怎么了?"

"我忽然很不安。"

话才说完,忽然一窒,我噎住了。我之所以惊愕得发不出声,是因为掐在我脖子上的,竟是真人温热的手指。真人正从后方勒紧我的脖子。

痛苦令我渐渐失去意识。真人要杀我?怎么可能?但是,这的确是丈夫的手指。我拼命挣扎,试图掰开真人的手指。夜宵在我怀中哇哇大哭。然后,在最后那痛苦的一瞬间,我勉强听见的是真人悲痛的声音:

"波间,对不起。"

就这样,我脑中一团混乱地独自死掉了。没有任何预感与征兆,突如其来的诀别。我可以感到真人高叫"对不起"时声音中的颤抖,落在我脸上的泪水,以及夜宵想吸奶的小嘴唇,但我渐渐变得冰冷。好一阵子,感觉还活着,身体却已僵硬,随着腹内渐渐腐坏,那种感觉也越来越淡。

之后,真人在我的发间插上用鱼骨做成的雪白发簪,用海鸟羽毛和随波漂来的马尾藻做装饰,我的尸体,被他从船上抛入海中。最后我从肩膀开始慢慢沉入一片漆黑的海底细沙中。起先还隐约有点感觉,最后连那种感觉也消失了,终于,我只剩下意识的存在。在海中,鱼群啄食我身上残留的肉。我的肉被鱼群吃掉,几乎只剩白骨。

枉我还窃喜，以为自己违抗岛规得到了真正的命运，结果，那原来只是一时眼花。但是，为什么我深爱的真人会对我下毒手呢？我哀叹不平。无法释怀的心情令我呻吟。但是，我已无能为力。在幽暗的海底，有一阵子我非常孤独。可是，埋葬我骨头的海沙随波簌簌晃动，就仿佛是轻唤"可怜的波间"的姐姐加美空和母亲尼世罗正在为我流泪，令我的心情渐渐平静。我甚至也感到，在海面渐去渐远的美空罗大人和波之上大人在我的背后微笑。于是，不可思议地，本该已不留任何形体的背部竟微微暖热起来，顿时充满幸福。同时，我也逐渐习惯了这种状态。

醒来时，我发现自己在伸手不见五指的黑暗中，好像正仰卧在濡湿的地上。我静静睁开眼，搜寻人影，但是好像无人在我身边，也没有在海中曾感受到的加美空与母亲的气息。我终于真正孑然一身了，想到这里我悲不可抑。但是，应该已经死掉的我，为何还会有感情呢？我以为我的尸骸已沉入海底，犹如死珊瑚腐朽粉碎，正逐渐化为海底细沙。

我试图轻触乳房。我那汁液泉涌而出、濡湿夜宵小嘴的乳房。然而，我的身体宛如空气，自己早已碰触不到。我费了很长的时间才站起，在附近跟跄走动。我发现，自己似乎身在一个有如细长甬道的场所。唯有远处，隐约射入一线光明。

我迎着光爬上阴暗的甬道，朝那个地方前进。

最后，我来到一个就像刻意塞住出口般、被大岩石堵住甬道的地方。从岩缝之间，射进一线光明。借着那光，我望着自己透明的手指。

"波间，欢迎你。"

背后传来一个嘶哑刺耳的声音。我转身，只见一名身穿白衣、将长发高高扎起的女人，正从地下甬道朝这边走来。她的身份一定很高贵吧。只见她遍体发光，好像比我的母亲尼世罗年轻一点，但是非常瘦，很憔悴，因此有时看起来也像比美空罗大人还老的老婆婆。而且，她似乎心情欠佳。

"波间，你不用惊讶。你过来。"

我听命行事，朝她走过去，畏怯地在她面前磕头行礼。

"小女子来自海蛇岛，名叫波间。"

"这些我都知道。你是幽冥巫女吧？在你来之前，我身边一直无人伺候，所以我很高兴你能来。"

话虽如此，但她的声调平板，看起来实在不像很高兴。

"谢谢您。对不起，请问您是？"

"伊邪那美。黄泉国的女神。"

很遗憾，我没听过这个名字，她不是凡人的恐惧却先涌上心头，令我甚至不敢抬头。既然她说自己是女神，那应该就是天神了，但她的模样一点也不像我以前在岛上想象的温柔天神。

"波间,把头抬起来。"

听到伊邪那美神这么说,我抬起头,赫然发现她紧靠在我身边。我差点失声尖叫。她皱起的眉毛紧紧挤在一起,看起来非常不幸。那是一张既像在生气又像随时会哭出来的令观者极为不安的面孔。而我,从未见过有这种表情的人。

这时,伊邪那美神用低沉的声音说:

"这里是黄泉之国。你再也回不去了。"

"黄泉之国,就是死者之国吗?"

"是的。"伊邪那美神回答。

再也回不去了。是的,我是死者。因为我已被真人杀死。他的手指残留在脖子上的触感令我战栗。

虽然早已觉悟,但我还是感到泪水滑过脸颊。之前被关进网井户时,我一心只知道害怕。网井户是充满生命气息的死亡世界。可是,这里毫无生命气息,是完全的死亡世界。

"你在哭吗,波间?这里的确很寂寞。"伊邪那美神略带一丝温情地说。

我一听可慌了,连忙用透明的手指按压脸颊。我惊讶地发现,冷如冰晶的泪水已濡湿面颊。

"撇开那个不谈,你看,波间,这个地方叫黄泉比良坂。在不久之前,本是黄泉与现世的分水岭。"伊邪那美神说。

她的语气听来异样悲伤,我不禁抬眼。伊邪那美神像要避开之前我打量透明手指的那道光线,举起纤纤玉手遮挡。

"可是,我的丈夫伊邪那岐,却用这块大石头堵住出口。并且,连我也被永远囚禁在这黄泉之国。"

伊邪那美神说话的态度很粗暴,听起来也像自暴自弃。她一生气,笼罩身体的淡蓝色光芒就威力倍增,变得更加强烈。

我撇开脸回避那团光,向伊邪那美神问道:

"伊邪那美大人,您说被囚禁在这里,意思是说以前本来可以来去自如吗?"

若说我心中未抱些许期待,那是骗人的。已成为死者的我明明连肉体也没了,却仍窝囊地渴望重回俗世,打听真人与夜宵的下落。同时,我也想知道真人为何要那样做,夜宵现在长成什么样子了。

"从外界,只要想进就进得来。"

伊邪那美神背对射进一线光明的巨岩而立。她那瘦削的身形宛如枯枝,却威严十足。她高高举起手,指向在前方延展的阴暗甬道。

"波间,我们走这条路,回黄泉之国的神殿去吧。不过,那里像冰一样又冷又暗,什么都没有。我和伊邪那岐本是恩爱夫妻,却只有我一人死掉。"

伊邪那美神不甘心地说。我眺望蜿蜒至地底的漆黑甬道。甬道是墓道。我将要伺候这位女神殿下，在地底的黄泉之国度过未来永世吧。虽说早有心理准备，但悲痛还是再次向我袭来。

在我的岛上，死者会暂时在死者广场安魂，同时等待灵魂独自前往海底。岛民认为岛的下面就是死者的世界，太阳会绕行一周。换言之，太阳在早上自海面升起，到了夜晚沉入海中，绕行岛下一周。因此，每当潜入海中，便会感到那美丽丰饶的世界属于死者，心灵因此深受滋润。即便阳光照不进海中，在深深的海底也有摇曳的海藻与白沙，冰冷的海水就像空气流动般轻抚尸骸。但是，这里有的，并非啄食尸骸的鱼群和缠绕腿上的柔软海藻，只有黑暗潮湿与泥土的腥气。

我再次发问：

"伊邪那美大人，死掉的人再也离不开这里吗？"

"除非搬开巨岩，否则未来永世都将待在这冰冷黑暗的墓穴中。"

往前走的伊邪那美神头也不回地说。

巨岩。那是结界的证据。我想起在我生长的岛上，也有一块被称为"神圣标记"的巨岩。那是通往北边岬角唯一一条路的起点。那是用来宣告不得再往前擅入一步的巨岩，我却越过"神圣标记",终于来到了黄泉之国。悲痛令我几欲心碎。

"不过,也不是完全没有办法离开。"突然间,伊邪那美神转过身,像要窥探我心意般盯着我的眼,"你想去外界吗,波间?就算去了,也不能以你生前的模样去。如果这样你也不在乎,那我倒是可以告诉你方法。"

我沉默着不知如何是好,伊邪那美神耸耸肩。

"不过,我劝你最好还是打消念头。就算去了,恐怕也只会令你羡慕生者,并且自怨自艾,为何仅有一次的人生会活成这种德行。对了,波间。在这黄泉之国,只有无处可去的魂魄才会来报到。这里是心怀怨恨、遗憾、死不瞑目的幽魂才会来的地方。"

一点也没错。我对真人有怨,对夜宵的下落极为牵挂。我是最适合住在黄泉之国的女人。

3

若在黑暗中竖耳静听,虽然细微,不时还是可以听见宛如涛声的声响。自遥远彼方,仿佛大地的脉动,沙沙沙、沙沙沙地传来杂音。在岛上长大的我,每次都像被撼动灵魂,变得坐立不安。我生长的小岛,是个满地珊瑚白沙映着灿烂阳光的美丽岛屿,却也是只要一有暴风雨来袭便可能沉入大海的迷你小岛,更是常年缺乏食物的贫穷小岛。但是,唯有涛声,总是一成不变地传来。现在,我竟在阳光照射不到的冰冷泥土下,被不可能听到的涛声扰乱心神,这是多么令人难以置信的命运啊。

关于涛声,我决定鼓起勇气询问伊邪那美神。伊邪那美神总是蹙起美丽的蛾眉,仿佛有什么烦恼似的垂着头,所以我必须看准机会再开口。

"伊邪那美大人,我听到的那个声音,是涛声吗?这个国度的旁边,就有大海吗?"

伊邪那美神似乎不知从何答起,瞪着空中看了半晌。不过,她的视线前方空无一物,只有无垠的黑暗。我们置身的地下神殿,是以微渺冰冷的磷火照明的,所以反而更让人深刻体认到自己正被茫漠的黑暗包围着。只要来到此地,便再也逃不出去。虽早有觉悟,但是黑暗一旦冷彻骨髓,还是可以清楚发觉被一股新的绝望侵蚀。我犹在为这个念头愁肠百转之际,伊邪那美神终于勉强开口:

"划分生者与死者的黄泉比良坂,就在大地与大海的分界处。波间你听到的声音,应该是从海中响起的吧。"

如此说来,之前我倒卧之处,难道也是面向海边的洞穴入口吗?得知涛声乃是来自生者世界,我的心情大为激荡。

若是干脆便这么当个死人也就算了，为何我独独却被招来黄泉之国呢？还有，为何我必须承受和生前一样的激昂情绪和悲痛带来的打击呢？

"伊邪那美大人，我身在此地是何缘由？我是死过一次的人，只想返回虚无。死亡，已将我永远与生者分离。既然如此，我只想摆脱一切，安静长眠。能不能让我再死一次呢？"

伊邪那美神回答：

"波间，你跟我一样，不得化为虚无。你有资格待在这个国度。况且，你又是幽冥之国的巫女，所以更不用说了。"

我环视神殿内部。冰冷的石头地板上，以相等间隔并列着粗大石柱。石柱的数目无限，神殿末端消融在黑暗中看不分明。而石柱粗得即便三个成年人手牵手也无法环抱，柱顶同样高高消失在黑暗中。黄泉之国的神殿辽阔得无边无际，是个虚无空间。

柱子背后，悄然站着数名侍从，看来是在静待伊邪那美神的盼咐。而且，黑暗之中，可以发现到处都有人形魂魄悄然伫立。

"死不瞑目的人，就会来到黄泉之国。不过，几乎所有的人都会变成一缕幽魂在黑暗中徘徊。没有身形，也没有感情与思想，只剩那个人最根本的魂魄。你看，波间，看起来或许只是无穷的黑暗，但这里其实飘浮着大批死者的魂魄。"

"这点，我多少感觉得到。"

我这么回答后，无名的魂魄似乎群聚而来，令黑暗的密度变得更加浓密。死不瞑目的人如果都聚集在此，那些"遗恨"的数量不知有多么可观。越想越胆战心寒的我，忍不住一边后退，一边再次向伊邪那美神发问：

"波之上大人也在这里吗？"

"她不在。她对命运很满足。"

波之上大人曾经看着我面露微笑。伊邪那美神说波之上大人对于与美空罗大人一同结束生命的命运感到满足，可是，我却无法接受与她相同的命运。

"美空罗大人在吗？"

"美空罗也不在。"

"她俩到哪去了呢？"

伊邪那美神指着上方。

"应该是去天神们所在的天上伺候了吧。"

我脑中一团混乱地看着伊邪那美神的脸。

"伊邪那美大人也是女神殿下，为何不在天上，却待在此地？"

伊邪那美神毫不客气地回答：

"因为我被任命为治理黄泉之国的女神。"

"那是为什么？"

"因为我的丈夫伊邪那岐接我时来得太晚。而且,他还违反了承诺。我跟波间一样,也对自己的丈夫伊邪那岐心怀怨怼。"

然而,我无法理解的事太多了。我并不清楚伊邪那美神与伊邪那岐神之间的恩怨情仇,甚至连我是否有资格伺候女神都是个疑问。不说别的,首先我违抗了幽冥巫女的命运,就已破了戒。

"伊邪那美大人,您说过因为我是幽冥巫女,所以有资格待在此地,但我生过孩子。单凭这点,就已不配做幽冥巫女了。"

伊邪那美神的嘴角略歪,也许是在笑。

"就因为你生过孩子,才适合做我的巫女。因为我的死与生产有很深的关系。我就是因为生孩子才死掉的。"

"这样吗?我是生下孩子后,被丈夫杀死的。"

"你也真可怜,波间。与你相比,我或许算好一些。因为我是生下孩子后,被专程赶来黄泉之国见面的丈夫休弃的。"

肯定早在很久很久之前便已过世的伊邪那美神居然同情我,我当下赫然一惊。因为我感到,原来我的命运比任何人都更具悲剧性。我萌生了一种连究竟发生何事、为何会落到这种下场都莫名其妙,就这么被打入黑暗中的古怪感觉。这种晦暗心情,可有解脱之道?

4

黄泉之国的一日,比生者的世界过得缓慢。我在这里伺候伊邪那美神之际,真人想必正逐渐衰老,而夜宵大概已长大成人变成大姑娘了吧。不,夜宵说不定也已变成老太婆了。但是,我知道他们父女俩都还活着,或者虽然死了却是幸福满足死去的。因为伊邪那美神对于死不瞑目的亡魂了如指掌。伊邪那美神的主要工作,就是一天选定一千名死者,以及倾听死不瞑目的魂魄诉苦。今天在她的办公房前,同样也挤满了大批男女一脸茫然地排排站立。

伊邪那美神身穿白衣,几乎所有的时间都在昏暗的办公房内度过。伊邪那美神的房中摊开的,是生者之国的地图。乍看之下,宛如没有水的巨池。但,若在昏暗中凝目细看,便可看出上面有海有岛,有隆起的高山,也有又深又长的河流贯穿。伊邪那美神站在大和国的地图前,一边到处走动,一边洒上装在透明白碟中的黑水。水是每早由侍从自黄泉神殿的水井汲取而来的。

除了生病及意外身亡、年纪老迈者之外,被伊邪那美神洒到水的人就会死,其中唯有死不瞑目者会来到黄泉国。伊邪那美神选定死者时,我就在一旁伺候,但我总是不可思议地暗忖,如此美丽的女神殿下,为何非得做这种讨厌的工作不可呢？

某日，黑水从地图的高山山顶反弹，有一点溅到我的脸上。那种冰冷令我浑身一颤，我连忙用手抹拭脸颊。

"伊邪那美大人，您是事先决定好要让某某人死掉，然后才洒水到此人身上吗？"

我提出疑问，伊邪那美神转身面对我。

"是事先决定的。"

"那是怎么决定的？"

"很简单。凡是与伊邪那岐有关系的女人一律杀无赦。"

我倒抽一口冷气。

"真可怕。那您怎么知道有关系呢？"

"那个男人，现在，化身为凡间的男人，正在四处游走。我从各种生物及死者处接获报告，一直在追踪他。那个男人绝对逃不出我的死亡之手。"

"您不杀伊邪那岐大人，却要杀那些女人？"

伊邪那美神眼神恍惚地看着我。

"没办法。因为伊邪那岐是神，他死不了。"

"可是您不是死了吗？"

我的话令伊邪那美神的脸色一暗。

"即便是神，为了生产而死的，总是女人。"

伊邪那美神的眼中流露出深刻的憎恶与灰心。这位女神现在究竟在想什么呢？女神的身上，过去究竟发生了什么事？我感到心魂为之震动。若我无力承受，会变得怎样呢？已成为死者的我，事到如今，不可能再死亡一次。明明已再无可惧，我却害怕不已。

"伊邪那美大人，之前您提过的事，能否详细告诉我？伊邪那美大人为何会成为黄泉之国的女神？伊邪那美大人的痛苦是什么？请您告诉波间好不好？"

我鼓起勇气，抬眼正面凝望伊邪那美神的眼睛。伊邪那美神杏眼圆睁，但或许是因为长期待在黑暗中吧，有点失焦。好像在看着我，其实眼中没有我。我定定痴望着那双空洞的眼睛，伊邪那美神终于开口了：

"总算有人肯听我倾诉，所以我也想说个痛快，一吐胸中块垒，但我住在毫无办法的圈中。所谓的圈，是不断旋绕的执念。如此被放逐到黄泉之国的我，一天选定千名死者虽然痛快，可是一旦又想起他，总会涌起无处发泄的憎恶为之痛苦。选定死者的工作不可能愉快。于是我就这样被迫永远背负着痛苦。波间，你知道最难缠的情感是什么吗？没错，就是憎恨。一旦心怀憎恨，便只能静待憎恨的烈火自行熄灭，才能得到安宁。但，谁也不知那究竟要等到何时。是伊邪那岐害我被关进这种冰冷的地下墓穴的，所以只要我还在这里一天，憎恨之火便永不熄灭。让我告诉你发生了什么事吧。

你仔细听好。"

5

伊邪那美神语带郑重地说:

"我就从这个世界创造之始说起吧。那是早在你诞生的数千年前。很久以前,世界空无一物,只是一团巨大的混沌。起初,世界分为天与地。之后,一切都被一分为二,一点一滴地创造出世界。天与地。男与女。生与死。昼与夜。明与暗。阳与阴。说到为何要一分为二,那是因为只有一个不够。因为发现唯有二者合一,才能创造新生命。此外,一个价值,在另一个相对的价值衬托下互为对比,才能产生意义。

"自混沌之中产生了天,产生了地,当天地一分为二,自天界的高天原现身的,是占据天界中心的最高天神,天之御中主神。不久,天界的创造之神高御产巢日神与地界的创造之神神产巢日神相继诞生。这三位天神,没有肉眼可见的形体,非男亦非女,是无性的单一神祇。

"当时,说到地上的状态,土壤就像浮在水面上的油脂,宛如水母,在水上悠悠漂浮。在此,又诞生了两位天神。一位是替生物吹入生命的神,宇摩志阿斯诃备比古迟神。另一位是守护天界永恒的神,天之常立神。这些天神,既显示天界的绝对，同时也促进地上的发展，同样展现了两种价值。宇摩志阿斯诃备比古迟神和天之常立神，都没有肉体。以上这五位天神没有性别，也没有肉体，是特别的天神。

"接着出现的，是守护国土永恒的神，国之常立神，以及势如风起云涌、替大自然灌入生命的神，丰云野神。这两位天神同样也是无性的单一神祇，没有肉体。

"接着，终于到了神分为二性的时刻。那就是统治孕育生命之土壤的男神宇比地迩和女神须比智迩。接着，是替在土壤中萌芽的生命赋予形体的男神角杙神和女神活杙神。其次，是替生命的形体赋予男女性别的男神意富斗能地神和女神大斗乃办神。其次，是令国土丰饶、统整人类的姿态、促进繁荣与增殖的男神淤母陀流神和女神阿夜诃志古泥神诞生。波间，你猜接下来诞生的是谁？"

滔滔不绝一口气说到这里的伊邪那美神，把脸转向我。

"是伊邪那美大人与伊邪那岐大人吗？"我回答。

"没错。"伊邪那美神点点头，"你瞧，准备得多么周到啊。我们这些神，并非突然诞生。首先划分天地，以天之御中主神为首的五神开始创造地上的准备工作。然后，为了划分男女各具肉体、传宗接代，二神与五组男女神又扯上了关系。"

"伊邪那美大人，您是为了传宗接代而存在的吗？"

一无所知的我冒昧问道。伊邪那美神说我是巫女的理由，我好像懵懂地渐渐领会，也开始明白，她虽身为尊贵的天神，却也同时是肩负与伊邪那岐大人交媾产子这个命运的女神。

"不仅如此。我为了追求男人、爱男人而生。因为，我们是男女求爱之神。"

"那么，为何只有伊邪那美大人成为黄泉之国的女神呢？您说伊邪那岐大人化身为凡人，那他现在在何处？"

我的疑问令伊邪那美神陷入沉默。伊邪那美神的沉默，漫长得甚至令我怀疑生者世界是否已轮过一遭四季。我忐忑不安地暗忖，自己的问题是否冒犯了伊邪那美神。

最后，伊邪那美神叹了一口长气后，再度打开话匣子，我这才松了一口气。

"这件事，且让我慢慢道来。我是求爱女性的代表，伊邪那岐是男性代表。正像我的名字所代表的那样，我爱慕伊邪那岐，渴求他。伊邪那岐也同样爱我、渴求我。你知道我们为何非得互相深爱、渴求不可吗，波间？"

伊邪那美神看着我的双眼。我承受不住伊邪那美神的晦暗眼神，不禁垂头答道：

"是为了产子吗，伊邪那美大人？"

"是的。我们的头一项共同作业，就是产下国土。"

"产下国土？"

我惊愕地鹦鹉学舌。

"我们身为天神,必须生产、创造万物。高天原的天神们打从一开始下的命令,就是叫我们将漂浮不定的国土固定下来。获得天赐神矛的我与伊邪那岐,走下架在天地之间的天之浮桥,从那里,二人合力将矛插进海中搅动海水。于是,海水自矛尖滴落,累积成固定的岛屿。那个岛名叫淤能碁吕岛。我俩自天上降落淤能碁吕岛,建造神殿作为住处。说到那座神殿之大,这里根本没法比。那里的柱子为了能与高天原众神交流高耸入云,被称为天之御柱。"

伊邪那美神露出怀念的神色,仰望地下神殿的上方。我也不由得跟着打量,但柱顶消失在黑暗中。宛如寒冬的暗夜,极目所见皆被漆黑的暗冥封锁。我的尸骸被真人抛入海中时的情景再次浮现眼前。它从肩头沉入海底沙堆,遭到鱼群啄食。那时,我用剩下的一只眼最后看到的是阴森海底。现在自这地下神殿仰望上方,不禁令我想起彼时情景。

"听伊邪那美大人这么说,伊邪那美大人应该是具备咱们女人形态的第一位天神喽?"

伊邪那美神的叙述太有趣,令我一时忘了自己的身份,居然脱口说出这种话。结果,伊邪那美神是这么回答的:

"是的。建在淤能碁吕岛上的神殿叫作八寻殿,伊邪那岐就是在那座神殿对我说:'伊邪那美,你的身体变成什么样子了？'这是天神第一次拥有女性肉体，所以伊邪那岐也毫无概念。我是这么回答的：'我的肉体完成了，唯有一个地方，缺口堵不起来。'于是，伊邪那岐说：'我的身体也完成了，唯有一个地方，多出了一块。'进而，他又这么说：'我想把我身体多出的部分，插入你身体的缺口，二人一起生产国土，你觉得如何？'我当下一口赞同：'听起来好像很有意思。'"

我听着伊邪那美神的叙述，一边回想起自己与真人头一次结合的那晚，不禁倒抽一口气。我虽有两个兄长，但年纪相差太多，而且男人们一旦成年就都出海捕鱼去了，所以男人是什么样的体型，我并不清楚。因此，乍然看到真人的身体，令我既惊讶，又对与自己截然不同的身体充满陶醉。

不意间，我忽然非常在意，还活在人世的真人是否正与谁交颈缠绵。我已经死了，所以真人另找女人一起生活自是理所当然。可是，一想到真人杀我弃尸后，或许正对别的女人做出他对我做过的行为，我的心情就变得极为苦涩。这是何等浅薄啊。我都已经死了，却还有嫉妒之心。

见我沉默不语，伊邪那美神又说道：

"伊邪那岐说：'那么，我们绕天之御柱而行吧。'我们约定伊邪那岐自左绕行，我自右绕行，如果撞见了就互相出声招呼。我绕着巨柱走，只见一个外表俊秀的男人出现。那正是伊邪那岐。我忍不住脱口说出：'这是多么美好的男子啊。'

伊邪那岐本来打算自己先出声招呼，却被我抢先喊出，所以他好像有点失望。他连忙回答：'这是何等美好的女子啊。'然后，我俩手牵手，躺在神殿地板上，云雨一番。结果，生出了第一个孩子，但那孩子，被称为蛭子，像水蛭一样柔软无骨，是个软趴趴的孩子。我们把那孩子放在草舟上任他随波漂走。接着出生的孩子，是名叫淡岛的小岛。小岛不够格做国土，等于白忙一场。究竟是哪里出了错呢？我与伊邪那岐趁着向高天原众神报告的机会，顺便找他们商量。"

伊邪那美神向我问道：

"波间，你猜我们在那里得到了什么指示？"

"我猜不出来。"我老实回答。

伊邪那美神头一胎怀的孩子，竟是无骨怪婴。孩子固然可怜，伊邪那美神也同样不幸。我是在小舟上分娩的，分娩的痛苦，唯有经历过的人才明白。

伊邪那美神继续说道：

"据高天原众神所言，绕柱而行时，我不该先出声说'这是多么美好的男子啊'。换言之，错就错在女人先开了口。所以，我们决定从头再来一次。伊邪那岐自左绕行，我自右绕行，伊邪那岐对我说道：'啊，多么美好的女子啊。'我接着说：'啊，多么美好的男子啊。'然后，我们再次行房。首先出生的孩子，是淡路岛，其次生下了四国与隐岐岛，然后生下了九州岛等四岛，最后生下最大的一个岛，也就是本州岛。这样产下了八个岛，所以称为大八岛国。"

看样子，伊邪那美神产下的诸岛之中，好像没有我的故乡海蛇岛。在我那渺小的岛上，把伊邪那美神刚才提到的诸岛统称为大和。很久以前，多岛海尚未纳入大和的统治之下，所以被伊邪那美神的故事排除在外。

我记得自己临死之前，还曾因为看到疑似大和的岛影暗自松了一口气。现在，真人与夜宵，不知住在大和的什么地方。如果就在黄泉比良坂旁边该有多好啊。夜宵不知长成什么样的大姑娘了。如果像真人，体格应该很好吧。如果遗传到加美空的模样，应该比我漂亮许多。没能亲手抚养自己的女儿，事到如今，仍令我抱憾不已。

"波间正在回想往事吧。瞧你魂不守舍的。"

伊邪那美神语带谴责，我慌忙问道：

"伊邪那美大人，您平安产下了诸岛，后来呢？"

伊邪那美神不知是否说累了，沉默半晌，但她那双失焦的眼睛定定地凝视着我。

"国土完成了。所以，我们决定生产各种神。"伊邪那美神略带忧郁地说，"海神、水神、风神、树神、山神、野神，以及火神。产下火神时，我严重烧伤，不治身亡。"

这是多么令人心疼啊！我不由发出悲叹。

"真是太可怜了。"

伊邪那美神满脸不悦地点头。这时,一个低沉但清晰的女声自黑暗中传来:

"伊邪那美大人,您想必累了,剩下的由我来告诉波间吧。伊邪那美大人不愿提及的伊邪那岐大人的情况,也由我来叙述。"

伊邪那美神没看那人的脸,径自在低矮的椅子上坐下。

"那就交给你吧。我本来明明很想向波间倾诉,可是说着说着就不舒服了。"

一名女子出现了。她身材矮小,体形瘦弱,年纪似乎也已过了五十。但她虽然外表孱弱,嗓音却清亮坚定。

"我名叫稗田阿礼。我的祖先之中有位天宇受卖命(在日本神话中,执掌光明的天照大神躲进天岩户不肯出来,导致世界一片漆黑,众神均发愁,这时,在思金神的提议下,众神于天岩户前举行各种仪式。其中天宇受卖命站在倒扣的桶上,袒胸露乳,手舞足蹈,逗得众神大笑,因此留下了"天宇受卖命之舞"的说法。——译者注),很久以前,据说曾在天岩户前跳舞。而我有项专长,就是对别人说过的话总是过耳不忘。因此,自神代至今世,我奉命将世间发生的种种向天皇禀告。我叙述过的事情,概由太安万侣大人(?~723,奈良时代的文官,亦作太安麻吕。——译者注)写成书籍。这次,我受流行病侵袭,含恨而死,因为我还有许多未完的心愿。没想到,有幸能够来到黄泉之国的伊邪那美大人身边。死后犹能伺候女神殿下，实在是惶恐又欢喜。"

"客套话不用多说。波间什么都不懂，你不妨把市井巷弄间的传言告诉她。"

伊邪那美神打断她的话后，自称稗田阿礼的女人行了一礼，宛如大雨过后奔流地面的雨水，开始滔滔不绝地叙述。

6

"那么，我，稗田阿礼，要说的是伊邪那美大人与伊邪那岐大人的故事。

"身为男女求爱之神的伊邪那美大人与伊邪那岐大人，可真是一对恩爱夫妻。可是，两人要生下国土及自然界的诸多神祇，辛苦的毕竟还是身为女性的伊邪那美大人。

"之所以这么说，是因为生产的确是一桩赌上生命、异常危险的任务。某日，悲剧发生了。伊邪那美大人在生下火神迦具土命时，下腹部严重烧伤。

"即便如此，伊邪那美大人依然坚持继续生子。这时自伊邪那美大人的呕吐物中，生出了金山彦和金山姬这对男女神。这两位是矿山之神。继而，又从粪便中生出波迩夜须毗古神和波迩夜须毗卖神这对黏土之神。自尿液中生出弥都波能卖神这个喷水之神。

"彼时，生下的全是与火有关的众神。矿山与火关系很深，黏土拿去烧便能制成土器。而浇以喷泉，便可熄灭熊熊大火。

"就这样，伊邪那美大人直到临死前，还在为了创造人世，不断产下国土及各种自然界众神。但是，伊邪那美大人由于烧伤过重，终究还是死了。

"心爱的伊邪那美大人死去，伊邪那岐大人的悲伤自是无法言喻。因为伊邪那美大人是伊邪那岐大人敬重的妻子，也是无可取代的爱人，更是一起创造国土的同志。

"'我的爱妻，伊邪那美啊，你为何死去？我做梦也没想到，一个孩子竟会夺走你的生命。'

"伊邪那岐大人在伊邪那美大人的遗体前哭号、怒吼、翻滚，哀叹不止。彼时，自伊邪那岐大人流下的泪水中，诞生的是泣泽女神这位泉神。汨汨溢出的泉水，象征着伊邪那岐大人永无止境的悲伤。

"伊邪那岐大人把伊邪那美大人葬在比婆山。被埋葬的伊邪那美大人，独自启程前往黄泉之国。可是，伊邪那岐大人的憾恨和他对伊邪那美大人的依恋，怎么也无法遏止。伊邪那岐大人把气出在害死伊邪那美大人的火神迦具土命身上，拔出挂在腰上的长剑，一剑就砍下了火神迦具土命的脑袋。

"结果，迦具土命沾在剑上的鲜血洒向四处，产生了众神。绝大部分，都是表现剑击之猛烈的神，以及表现刀剑之锐利的暴怒众神。而剑柄沾附的鲜血洒向四周岩石，产生了带来雷鸣的众神。火神迦具土命出生，被一剑砍死后，剑的灵力越发充沛。刀剑和火应有斩也斩不断的缘分吧。刀剑自燃烧的大火中诞生，也可以制止火，所以赌上伊邪那美大人性命的生产，也等于诞生了刀剑这个新权力的象征。

"话说，伊邪那岐大人说什么也要再见伊邪那美大人一面。他心忖：难道真的没有办法能让爱妻起死回生吗？于是也追去了伊邪那美大人前往的黄泉之国。

"伊邪那岐大人从黄泉比良坂进入黄泉之国，然后，走下漫长的坡道，一路来到黄泉之国的神殿。门虽是关着的，但他知道，心爱的伊邪那美大人就在门后。

"伊邪那岐大人呼唤伊邪那美大人：'心爱的伊邪那美，我和你创造的国家尚未完成，来，跟我一起回去吧。'

"伊邪那美大人听到这番话，是这么回答的：'心爱的伊邪那岐，我是多么不甘心啊。你来得太迟了。我已吃下这黄泉之国灶间烹调的食物。只要吃了用这黄泉之国大灶烹煮的食物，就得住在这里，这你应该也清楚吧。你为什么不早点来呢？我也好想你。当然，虽说为时已晚，但心爱的你肯来这不洁之国接我，已令我欣喜万分。我也很想跟你一起回去，

所以你能否稍待片刻？只是，我有一个请求。在我没说'好'之前，你绝对不能看见我的模样。'

"只要伊邪那美大人能回来，一切自然好谈。伊邪那岐大人当下决定守候，直到伊邪那美大人说'好'为止。

"没想到，等了又等，依然不见伊邪那美大人出现。伊邪那岐大人终于耐不住性子，忘了他与伊邪那美大人的约定，决定去一窥究竟。

"伊邪那岐大人打开黄泉之国神殿大门，里面一片漆黑，什么也看不见。伊邪那岐大人从他分成左右两股扎起的头发上，取下插在左边角发的梳子，折下一根梳齿，点燃那根梳齿当火把，四处寻找伊邪那美大人。

"某处传来轰隆犹如雷鸣的声音，也弥漫着腐败的恶臭。伊邪那岐大人很好奇那是什么，遂举起梳齿火把。结果，他看见伊邪那美躺卧眼前。

"怎么会这样呢？那美丽不可方物的伊邪那美大人，竟然完全变了一个模样。腐烂的身体上爬满蛆虫，美丽的面孔也变了形。轰隆作响的声音，原来是蛆虫在蠢蠢爬动。而且，她的脸上、双手双脚、腹部、胸部和下腹部都各有雷神蹲踞蠢动。据说就是因为这件事，后来才会出现'不能在黑暗中只点一盏灯'这样的禁忌。

"话说，伊邪那岐大人看到伊邪那美大人腐烂变形的模

样大为惊恐,当下落荒而逃。伊邪那美大人立刻发觉伊邪那岐大人的闯入,她高叫:

"'我不是再三吩咐过你不能看吗!你竟令我蒙受奇耻大辱!'

"于是,伊邪那美大人派遣一群号称黄泉丑女的强悍女子去追捕伊邪那岐大人。伊邪那岐大人沿着长长的甬道拼命逃跑,黄泉丑女们也在他身后紧追不舍。伊邪那岐大人取下戴在发上的黑色发饰,往后一丢。黑色发饰一落到地上,立刻开枝散叶,结出串串黑葡萄。黄泉丑女当下驻足,开始争食黑葡萄。

"争取到少许时间的伊邪那岐大人拔脚就跑,但吃完葡萄的黄泉丑女再度追来。伊邪那岐大人这次又取下插在右边角发上的梳子,把梳齿折断往后一丢。梳齿落到地上后,只见竹笋自地面冒出。丑女们朝竹笋一口咬去,当下开始狼吞虎咽。

"伊邪那岐大人才刚喘口气,这次,又轮到爬在伊邪那美大人身上的八个雷神,带着一千五百大军追来了。伊邪那岐大人最后只好拔出约有十个拳头长的佩剑,一边朝后乱挥一边逃跑。

"好不容易跑到黄泉比良坂的伊邪那岐大人,采下三颗生长在坡上的桃子,往后一丢。于是,全部的追兵都回去了。

"大概是觉得这样下去没完没了吧,最后,伊邪那美大人亲自追来了。于是,伊邪那岐大人抬起得靠千人之力才搬得动的巨岩,堵住了黄泉比良坂的入口,并向伊邪那美大人道别:

"'我的爱妻,伊邪那美啊,你既已成为黄泉之国的女神,我们就此离缘吧。现在,我宣告夫妻离缘。'

"伊邪那岐大人自巨岩的外侧,对着在黄泉国内的伊邪那美大人如此说道。可是,不肯罢休的是伊邪那美大人。都是因为伊邪那岐大人来得太晚,才会害她吃下黄泉之国灶间烹调的食物,在她本已决心在黄泉之国定居下来时,又被姗姗来迟的伊邪那岐大人看到她丑陋的模样。这种憾恨,不知有多么强烈。

"伊邪那美大人自巨岩内侧如此答道:'心爱的伊邪那岐,你给我的打击是何等残酷啊,不仅把我关起来,甚至还说要离缘。既然如此我也有我的对策。我决定从今以后,一天扼杀一千名你的子民。'

"伊邪那岐大人回答:'心爱的伊邪那美啊,既然你这么说,那我会一天建一千五百座产房。换言之,每日将有一千五百个新生命诞生。'

"因此,在这世上,每日必有千人死亡,也必有一千五百个新生命诞生。同时,被巨岩所阻的伊邪那美大人，从此被称为黄泉津大神，成为黄泉之国的女神。"

稗田阿礼就此打住，窥视伊邪那美大人。看她不知疲倦地滔滔不绝，想必还想继续说下去，但她似乎很担心伊邪那美神的反应。

伊邪那美神面无表情地歪着头凝视空中。是在回忆，抑或，毫无感觉呢？从那张面孔无法推测伊邪那美神的内心世界。

而我，老实说，得知伊邪那美神每日选定千名死者的理由后，大受冲击。没想到与伊邪那岐神发生争执后，她竟会做出如此残酷的决定。对于自己的发言，她想必也很后悔吧。

不过，伊邪那美神的内心，几乎全是对伊邪那岐神侮辱她、把她关在黄泉之国的怨恨。我伺候伊邪那美神，不也就等于要帮助伊邪那美神发泄这股怨气，每日扼杀一千人吗？想起溅到脸颊上的冰冷水滴，我还是不免心惊。

但稗田阿礼可不管我这些心思，径自又说了下去：

"话说，与伊邪那美大人离缘、好不容易回到苇原中国（神话中对日本国土的称呼，介于天上的高天原和地下的黄泉国之间的凡人世界。——译者注）的伊邪那岐大人，对着天上大叫：

"'啊，我去了何等不洁的地方啊。所以，我必须把身体洗净。'

"伊邪那岐大人朝九州岛的日向走去，在小门的阿波岐原这个地方的河口，把身上的衣物全部脱掉,袒胸露体。从伊邪那岐大人脱下的衣服和手杖、袋子中，诞生出各种神祇，其中也有带来灾祸的神，因此伊邪那岐大人决定把身体洗净。

"'上游的水流湍急，下游的水流又太弱。'

"伊邪那岐大人说着，走进中段的河中，潜入水里，开始洗涤身体。自不洁之国沾附身体的污垢中，诞生了八十祸津日神和大祸津日神。这两位神祇，是带来灾祸的恶神。伊邪那岐大人为了矫正他们带来的灾祸，再度净身。于是，诞生了神直毗神、大直毗神、伊豆能卖神这三神。

"伊邪那岐大人潜至水底后，诞生了底津绵津见神和底筒男命。到了水的中段，诞生了中津绵津见神与中筒男命。等到他回到水面冲洗身体时，又诞生了上津绵津见神和表筒男命。这些绵津见，指的是海。因此，产下的都是与海有关的神。

"完全洗去黄泉之国的不洁后，伊邪那岐大人清洗左眼。于是，出现了一位美丽的女神。这位女神，名叫天照大神，意思是太阳女神。伊邪那岐大神接着又清洗右眼，这次出现的是月读这位爽朗的男神，正如名字字面所示，是黑夜之神。伊邪那岐神最后清洗鼻子，于是诞生了勇猛的天神建速须佐之男命。须佐之男命，是大海之神。

"自黄泉国归来净身完毕、顺便也产下三个出色孩子的伊邪那岐大人，大为欢喜。他尤其中意美丽的天照大神，如此说道：

"'我陆续生下不少孩子，最后能够得到三个出色的孩子我很满足。'

"说完，他当场取下脖子上的链子。那条链子尾端，垂挂着一块美玉。伊邪那岐大人把那条链子挂在天照大神的脖子上。天照大神成为掌管高天原、位高权重的神祇。月读神成为统领黑夜的神祇。弟弟须佐之男命成为掌管大海的神祇。

"过去和伊邪那美大人合力生产国土的伊邪那岐大人，这时为何可以单身逐一产下各种神祇呢？据说是因为去了黄泉之国，可能因此得到了那种力量。

"产下光辉的美神天照大神，似乎令伊邪那岐大人对自己的工作颇为满意，他说：'生产众神的工作到此足矣。'

"不过，伊邪那岐大人并未忘记他与伊邪那美大人离缘时说过的话。换言之，如果伊邪那美大人要扼杀千人，他便立誓建造一千五百座产房。

"伊邪那岐大人这次决定化身为凡人，自己制造优秀的子嗣。所以，一旦风闻大和各地有什么出名的美女，伊邪那岐大人就会启程去造访，一一纳为妻子。在此期间，伊邪那岐大人的新妻子想必也逐一生下了孩子吧。伊邪那岐大人就是用这种方式，弥补伊邪那美大人扼杀的生命。"

"够了。"

突然间，伊邪那美神打断她的叙述。

稗田阿礼仰望伊邪那美神，然后深深叹息。想必她这时才发现，自己的叙述惹得伊邪那美神极为不悦。

伊邪那岐神自黄泉之国归来，与伊邪那美神离异后的情况，等于是直接否定了他与伊邪那美神曾经携手走过的历程。伊邪那美神所在的黄泉被他称为"不洁之处"，不仅伊邪那美神，就连身为死者的我们，亦同感悲哀。而且之前明明一同产下国土，现在伊邪那岐神却突然具备独自产下众神的力量，甚且，还得到天照大神和月读神这么出色的神祇，为之心满意足。

被幽禁在不洁之国的伊邪那美神，让伊邪那岐神撞见她腐烂猥琐的模样，完全失去昔日国母的尊严。曾将与伊邪那岐神一同生产国土子嗣视为生存意义的伊邪那美神，现在竟然来个一百八十度大转变，将选定千名死者当成每日例行工作，这是何等讽刺。

我想起伊邪那美神说过的话。

"天与地。男与女。生与死。昼与夜。明与暗。阳与阴。说到为何要一分为二，那是因为只有一个不够。因为发现唯有二者合一，才能创造新生命。此外，一个价值，在另一个相对的价值衬托下互为对比，才能产生意义。"

伊邪那美神死后，被迫接受了两个价值之中阴暗的那一半，地、女、死、夜、暗、阴，以及邪秽。恕我僭越，女神的遭遇岂非与我一模一样？曾在海蛇岛上承受"阴"的命运，被众人视为"邪秽不洁"的我，很能够体会伊邪那美神的不甘与愤怒。

伊邪那美神开口道：

"阿礼说的都是真的。在我选定千名死者时，我总是先扼杀伊邪那岐的妻子。如此一来，人们看到伊邪那岐出现，应该会视为灾祸降临而纷纷走避吧。"

稗田阿礼蹙起稀疏的眉毛。

"伊邪那美大人，您怎么会说如此可怕的话。"

伊邪那美神瞧也不瞧稗田阿礼。

"哪里可怕了？既然把我幽禁在此，害我变成死亡世界之神,他起码该有这点心理准备。"

我感到伊邪那美神全身上下都散发出漆黑的熊熊怒焰。我和稗田阿礼不由得屈膝跪倒在地。在四周飘浮的幽魂,也倏然屏息、一片死寂。

"波间你认为呢?"

伊邪那美神冰冷的眼神朝我瞥来,但我惶恐得连眼都不敢抬。

"您生气是应该的。"

我老实说。当然,嫁给伊邪那岐神的女子一一遭到死亡的命运,的确很残忍,我也担心这样有损伊邪那美神的名声。但对于伊邪那美神的心情,我非常能够理解。如果伊邪那岐神一笔抹消他与伊邪那美神的过去,就这么若无其事地重新娶妻生子,那么曾经与他一同创造国土、为了生产而丧命的伊邪那美神又被置于何地?她的尊严,要靠谁来挽救?伊邪那美神对伊邪那岐神的爱意,又该怎么办?我在心中立誓,即便只剩我一人,我也要尽力协助伊邪那美神。

"伊邪那美大人,我完全明白自己置身此地的原因了。从今以后,我会尽心伺候您。"

即便我如此表示,伊邪那美神依旧脸色阴沉不发一语,径自走出选定千名死者的房间。

世间处处

With All I Do in This World

1

伊邪那美神开始选定死者的例行工作后，我便守在一旁，默默观望她到处挥洒黑水。若是生物寿命自然衰竭的人那我无话可说，但若是年纪轻轻便猝死，那其实是由伊邪那美神赐死所造成的。尤其是嫁给伊邪那岐神的女子，逐一遭到赐死，在生者世界想必会引起不小的骚动吧。我亲眼目睹那戏剧化的瞬间，就这么冷眼旁观。突然间，伊邪那美神将装水的器皿放到地上，黯然叹息。

"波间，我与伊邪那岐拼命生产国土与诸神，难道都是徒劳的吗？"

"您这是什么话。绝无此事。伊邪那美大人不是替大和国奠定了建国基础吗？伊邪那美大人的所作所为，没有一桩是徒劳。"

"那么，为何我会待在这种地方？"

伊邪那美神指着地下神殿无边无际的天顶。飘浮各处的幽魂，随着伊邪那美神的动作，似乎慌忙快速掠过。

"因为您过世了，成为掌管黄泉之国的女神。"

"那又不是我自愿的。况且神才不会死。"

伊邪那美神罕见地微露怒气。我当下噤口。伊邪那美神的命运是谁决定的，我的确不清楚。想必，是高天原最高位的众神决定的吧。不过，我能够理解伊邪那美神的不满。

"我与伊邪那岐结为夫妻交媾，拼命生产国土。明明做的是同样的工作，为何伊邪那岐却能置身事外，独自站在阳光之下？"

愤然放话后，伊邪那美神似乎很累，在御影石做成的椅子上落座。我为了激励伊邪那美神，拼命劝说：

"伊邪那美大人是因生产而过世的，所以只能说事出无奈。就这点而言，伊邪那岐大人是男性，所以才能安然无恙。这就是您二位的命运分歧点。"

然而，伊邪那美神依然余怒未消。

"但是，伊邪那岐明明是男人，自黄泉之国回去后，居然产下了众多神祇，而且还产下天照大神这位太阳女神，稗田阿礼说，他很高兴能生出最高位的神。而我这个女人生的孩子，根本没资格成为最高位的神，所以我才会被视为邪秽，囚禁在黄泉之国吗？曾经如此相爱的男人，现在居然各分东西，令我独居死亡世界。甚且，伊邪那岐还不停迎娶新妻，产下更多新生命。波间，你能理解吗？我是对自己身为女神感到悲哀啊。"

伊邪那美神说着发出叹息。我无话可说，只能默默垂首。因为我打从心底认为，伊邪那美神说得一点也没错。

之后，伊邪那美神一蹶不振，整日只是默默执行自己的工作。

但是，选定死者的工作，老实说，事后的感觉很不舒服。一旦遭赐死，便得与爱人遭到无情拆散，独自走上死亡之路。正因谁也逃不过死亡，所以纵使这是无可回避的命运，突然猝死还是令人不甘心。被伊邪那美神赐死的魂魄，恐怕会带着满心遗憾，变成悲哀的幽魂吧。

请看，在这地下神殿，密密麻麻地站满了满怀怅恨的冤魂，懊悔着早知会这么早蒙神宠召，当初应该如何如何才对。

伊邪那美神的工作，就是为众人带来悲伤，近似灾祸。相较之下，伊邪那岐神努力建造产房，每日制造一千五百名新生命，做的是这种带来幸福的工作。因此，他遍游各地迎娶美女，据说每天除了专心制造新生命不作他想。原本恩爱的二人被死亡拆散，不得不走上差异如此巨大的道路，这究竟该怎么说呢？伊邪那美神神情阴郁，正是因为她时时都想到这一点。

"伊邪那美大人，我也有疑问。"

我看准时机斗胆开口。

"波间，你想问什么？"

伊邪那美神把她端起的碟子交给我。我小心翼翼地接下以免洒出，将碟子轻轻放在冰冷的石头地板上。

"伊邪那美大人是怎么知道另一个世界的情况的？之前

伊邪那美大人曾说,各种生物和死者都会向您报告,那又是怎么一回事?"

伊邪那美神微微一笑。她睽违已久的笑容,令我不禁心情雀跃。

"你还没发现吗,波间?"

"发现什么?"

"你看,就是这个。"

我完全不明白伊邪那美神想说什么,只能愣怔地游移目光。伊邪那美神在阴暗的室内东指西指。

"你看,有苍蝇吧?"

我惊愕抬头。的确,有苍蝇在飞舞。那是造访死亡世界的小动物。

"从黄泉比良坂进来的蛇类、小苍蝇、蜜蜂、黑蚂蚁等各种昆虫都会向我报告。候鸟对别的鸟耳语,鸟群再告诉昆虫。然后把消息汇集到我这里。"

我忍不住倾身向前。

"所以,您才会对伊邪那岐大人后来的发展了如指掌?"

"但,伊邪那岐却不知道这件事。"

伊邪那美神的神情变得僵硬。我有点迟疑,不知该不该继续说,最后还是鼓起勇气开口:

"伊邪那美大人,我的丈夫和女儿后来过得怎样,那些昆虫该不会也曾透露一二吧？"

"我听说过。"伊邪那美神回答，"你一来到这里，小羽虫就已告诉我了。"

我大为惊愕，甚至忍不住东张西望，怀疑他们父女俩该不会也已经死掉，变成黄泉之国的一缕缥缈幽魂了。虽然心中有恨，但我实在不明白真人的用意，所以，想见他一面的愿望也很强烈。我按捺激动的心绪，小心地问：

"我的丈夫与女儿在大和的哪里？现在是怎么生活的？"

伊邪那美神的回答出乎意料。

"不在大和。真人好像带着你的女儿回岛上去了。"

我当下哑然。真人为何折返小岛，我实在不明白。那趟艰苦的航海，究竟是为了什么？单只是为了杀我？当初不只是为了自己，我也希望我们的孩子能摆脱岛上残忍的宿命，结果我们赌上性命的逃亡，原来根本毫无意义。

我流着眼泪，恳求伊邪那美神：

"伊邪那美大人，我想知道更多详情。该怎样才能知道呢？若能得知他俩的消息，我情愿接受任何惩罚。"

好一阵子，伊邪那美神保持沉默。伊邪那美神一旦陷入沉默，往往得经过许久才会再次回答。时间耗得越久，她说出的话就越重要。因此，我耐心地在一旁等着。良久，伊邪那美神终于开口了。

"你用不着接受惩罚。不过，纵使知道生者现在的情况，你恐怕也不可能得到救赎。"

我深深颔首。

"这个我明白。我并不奢望得到救赎。只是，我真的很想知道，真人和我女儿现在过着什么样的生活。"

"我劝你还是打消念头。"

伊邪那美神不带感情地说。

"为什么？您知道什么内情吗？"

我反问，但伊邪那美神只是缓缓摇头。

"除了他们回到岛上之外我毫无所知。况且，我也不想知道。一旦得知生者的作为，绝不会有好事。待在死亡世界的人，为了自己着想，还是忘记生者比较好。"

我想起稗田阿礼说过的话。伊邪那美神想必正遥想起，当初伊邪那岐神与伊邪那美神在黄泉比良坂分手后，慨叹"自己去了多么不洁之处啊"，当下净身除秽，逐一产下圣洁诸神的事。还有，他迎娶人间娇妻、不断生子的事。

身在黄泉之国，就表示今后必须永远接受邪秽。我的下场也一样。望着伊邪那美神阴沉的表情，我不得不开口说道：

"伊邪那美大人，听到丈夫与女儿回到岛上，我实在无法保持平静。就算只有一次也好，我一定要去看看生者的世界。"

"既然你这么坚持，那我就告诉你唯一的方法吧。波间你不是神，只有魂魄，所以你可以变成小苍蝇或蛆虫。"

之前伊邪那美神说"也不是没有方法离开"，原来指的就是这个。

"无所谓。我愿意变成虫子出去。"

"波间，你真的不在乎吗？"伊邪那美神冷冷地说，"那表示你不能以凡人的身份出现哦。变成苍蝇蛆虫，有什么好高兴的。有什么东西值得你不惜变成那样也要看。就算看到同样的东西，你能有同样的感受方式吗？若真是这样，那么凡人与神果真不同。"

然后，伊邪那美神充满试探地看着我。之所以用试探来形容，大概因为她怀疑我是否真有胆量变成那么渺小卑微的生物吧。

"而且，只有一次机会。昆虫一旦死了，就必须重回黄泉之国。只有这种方法，即便如此你还是想看？更何况，谁也说不准届时你会怎么死掉。你将会再次尝到死亡的痛苦。"

伊邪那美神说着，再次拿起碟子，然后，仿佛懒得费神，随手便将剩下的水倒在大和国的中央地带。伊邪那美神这种随便的倒法，想必会令大和突然出现大量死者，引起一阵骚动吧。

我离开伊邪那美神的办公房，走在地下神殿昏暗的走廊上,心里一边想着,如果有机会,我一定要亲眼确认。但是,一旦鼓起勇气去了外界,将来要重回黄泉国时想必会很痛苦吧。想到这里,我实在提不起勇气。但是,我渴望亲眼确认他们父女俩的生活情况,其中也带有对伊邪那美神说出"凡人与神果真不同"这种话的反感。我心里千头万绪,困惑不已。

"波间,你好。"

稗田阿礼自巨柱后面现身。阿礼惦记着自己的叙述触怒了伊邪那美神,所以暂时不敢在伊邪那美神面前出现。

不过,我倒是常和阿礼交谈。生前工作就是专门在王公贵族面前说话的阿礼,说起众神的故事简直像亲眼所见。而且,即便叫她再说第二遍、第三遍,她还是可以说得一字不差。时间虽短,但阿礼说的故事,在毫无乐趣可言的黄泉之国,为我带来了小小的愉悦。

"波间,你的表情很闷哦。"

比我矮一个头的稗田阿礼,伸长了脖子凑近窥视我的脸。我讨厌别人打探我的心事,当下不假思索地扭开脸。

"在这种地下神殿,有什么事扰乱你的心神吗?是被伊邪那美大人骂了?"

好奇心旺盛的阿礼试图拉起我的手。彼此都只有魂魄,肉体是透明的,因此,她自然拉不到,但我仿佛可以感到阿礼的力气,不禁赫然一惊。我和阿礼都只有感情与意识,是只限当下的缥缈存在，可是，却在一瞬间意外地感受到他人的肉体，这是多么令人怀念的触感啊！生命是美好的。可惜，我已死去，被关在这里，与生者的世界遥遥相隔。我受困在不知如何是好的焦虑中，忍不住向阿礼吐露一切：

"从伊邪那美大人那里听说我的丈夫与女儿折返岛上，令我的心情大为动摇。"

阿礼面带惊讶地回话：

"波间你是死者吧，怎么可能会动摇。活着的人或许会哀叹我们的死，但他们很快就会把死者抛在脑后。生者都是任性、自私、健忘的。就连我们自己，不也是如此？生者的事，早已与我们无关。别去理会不就没事了。"

阿礼大剌剌地说得干脆，但我说什么也无法割舍。就算告诉她我与真人当初是如何抱着必死的信念逃离岛上宿命的，对于没有家人、生前备受大和掌权者宠爱的稗田阿礼来说，她也不可能理解。

"我只恨无法拯救我的女儿。"

听我这么说，阿礼大概觉得自己说错了话吧。这次，她边笑边调侃：

"我懂了。波间，你不只挂念女儿，也忘不了丈夫吧。波间你年纪轻轻就死了，一定会介意丈夫现在在哪，跟什么样的女人在一起吧？我说的对不对？"

的确,即便死后,我也没有一天忘记过真人。我想知道的,只有一件事。或许我只想知道真人的真正意图。伊邪那美神哀叹的,或许也正是她对伊邪那岐神爱意不变,何以却被关在黄泉之国——不,应该说是伊邪那岐神的变心吧。

生者是骄傲的,不惜把死者踩在脚下,只想追求自己活在世上的喜悦。当然,既然已经死了也无可奈何。不过,伊邪那美神想告诉伊邪那岐神的,也许是"至少请你不要否定我们曾经一起做过的事、曾经谈得兴高采烈的话"吧。我对真人感到的,是与伊邪那美神同样的疑问。当初抱着必死的决心好不容易才逃离岛上,为何他要自行折返?

自冲而来　鸭群之岛
诱我而眠　永矢不忘
世间处处

(在那自海上飞来的　野鸭栖息的岛上
曾经诱我同眠的　心爱的你叫我怎能忘怀哟
即便到这世界尽头)

阿礼高声吟咏。这首短歌,我听阿礼说,是别名山幸彦的火远理命送给海神宫的公主丰玉姬的情歌。丰玉姬生下火远理命的孩子时,变成鳄鱼的模样被火远理命撞见,羞愤之下,她抛下孩子独自回到海底的海神宫。可是,她忘不了自己抛弃的孩子,遂派妹妹玉依姬去照顾孩子。据说,这就是火远理命对玉依姬带来的诗歌所做的回答。

正如火远理命吟咏的"世间处处",我也同样直到世界尽头,仍旧无法忘怀真人。而且,就像丰玉姬会挂念孩子,我也同样担心夜宵。夜宵能够在岛规严格的海蛇岛生存下去吗?如果,我也有个像玉依姬一样能够托付一切的妹妹该多好啊,当我听阿礼叙述火远理命的故事时,不禁如此深深感慨。然而,我与加美空已被分隔到无法互相帮助的对立世界。

"阿礼,我想离开黄泉国,去看看我们岛上的情况。"

我向阿礼表明。

"有办法做到吗?"

阿礼惊讶地反问。

"是的。我听伊邪那美大人说,只要化身成自黄泉比良坂进来的苍蝇或蚂蚁等小生物就行了。那里是生者的世界,所以听说会有很多昆虫进来。"

阿礼开心地猛拍小手。

"哇,原来是这样啊。既然如此,我也要去。我也好想看看,在我死后世界变得怎样了。我的名声如何、葬礼办到什么程度,这些我非得亲眼瞧一瞧不可。"

阿礼大概很在意自己死后的评价吧。

"阿礼，可是，那只有一次机会，听说昆虫如果死了就得再次回到黄泉之国哦。这样你也不在乎吗？"

"无所谓呀。我还是要去。波间你呢？"

阿礼似乎已下定决心。

既然决定了，我片刻也待不住。我与阿礼当下决定朝黄泉比良坂出发。伊邪那美神对我们的行动，想必全都看在眼里了吧。经过她的房前时，我曾出声招呼，但她并未现身。

我们离开地下神殿，从阴暗的甬道迈步走出。过去据说愤怒的伊邪那美大人曾派遣大批黄泉丑女的甬道，现在悄然无声，毫无生物的动静。我们不发一语，凭双手摸索着一路走上黑暗的缓坡。

最后，我们走到远处可见一线光明的地方。终于抵达黄泉比良坂了。这是伊邪那美神被伊邪那岐神宣告永别的场所，同时，也是死去的我曾经躺卧的地方。我目眩神迷地朝那自生者世界射来的强光望了半晌。不是要变成虫子，我想起死回生，我强烈渴望重新活一次。然而，那是绝不可能实现的奢望。我泪水盈眶。

"波间，你一定正在想，你才不要当什么虫子，你只想起死回生对吧？"

高龄的阿礼，在坡道上气喘吁吁地对我嗫嚅。我怕万一传入伊邪那美神的耳中就不妙了，连忙低声耳语：

"你说对了。"

年龄几乎可当我祖母的阿礼万分同情地说：

"你才十六岁，也难怪你会这样。我十六岁的时候早已进了宫，在各种王公贵族面前说故事了。人们都说我是闻一知千、即便听过千言万语也能一字不漏倒背如流的天才少女。"

阿礼不胜缅怀往昔地说。

"阿礼，当初你来黄泉国时，是在哪儿清醒的？"

阿礼转过头，眺望后方的黑暗。

"我是在神殿的门前。骤然醒来，自己怎会躺在这么黑暗的地方令我很不安。当初，我是因为感染风邪，演变成肺疾才一病不起。我本来还想活更久说更多故事，所以心里非常遗憾。因此，当下我还很高兴，以为自己还活着。结果，大门忽然开启，伊邪那美大人走出来，对我发话。她说：'你就是稗田阿礼吗？听说你擅长叙述诸神的故事，改天我倒要好好听个仔细。'当时，我得知站在眼前的是伊邪那美大人，真的很感动。因为我发现自己说过的故事并非虚构。所以，来到此地后的我虽然寂寞，幸好总算与自己过去的工作有关，所以倒也并不排斥。"

听着阿礼诉说，我终于醒悟，原来我至今还无法接受自己的命运。我生来就是要效命幽冥之国的巫女，所以伺候伊邪那美神可说是命中注定。但是，我却热切盼望着，不管是要变成肮脏的蛆虫也好，在地上爬的蛇类也好，乃至就算成虫也只能活七天的蝉也好，总之我只想再看一次活生生的世界，看看自己所爱的人现在过得如何。

"咦，那是蚂蚁啊。红蚂蚁爬进来了。蚂蚁动作虽慢，但寿命应该很长。我要变成蚂蚁，去看看我死后的世界。"

阿礼凝目看着地面说。

"波间，下次如果在这里重逢，我再把我的所见所闻告诉你吧。再会，你多保重。"

她要怎么变成蚂蚁呢？我感到很不可思议，但一转眼阿礼就消失了。只见一只小红蚁急忙改变方向，匆匆朝明亮的那一头爬行而去。

我不可能变成在地上爬行的蚂蚁。因为我必须从这里越过汪洋大海，前往海蛇岛。我不奢求变成鸟，但是至少能不能为我飞来一只有翅膀的昆虫呢？我站在被伊邪那岐神挡门的巨岩前，一边祈祷一边把手举向那一线光明。

这时，随着嗡嗡嗡的声音，突然飞进一只黄黑条纹相间的巨蜂。我从未见过这种蜂类。不过，看起来应该飞得很快很强悍。再没有比它更适合的昆虫了。我当下默念：我要变成这只蜂。

2

变成一只蜂的我,自黄泉比良坂的细小裂缝飞出去。睽违已久的空气令人心旷神怡,生命的喜悦,以及得以自由飞翔的乐趣,几乎令我酩酊。不过,这趟旅程是漫长的。我绷紧神经环视四周。

正如伊邪那美神所言,黄泉比良坂的前方就是碧绿的大海,白浪滔天不断拍岸而来。我四处飞行搜寻船只,但停泊在附近海滩的,全是小型渔船。我不能浪费时间。我决定朝更南方的大港前进。途中发现熟透的甜瓜落地裂开,我当下狼吞虎咽一顿,不过之后就再也没找到食物。

变成一只蜂的我,究竟还剩下多少生命,我毫无概念。不过,能够回到生者世界的机会,这是第一次也是最后一次。在有限的时间中,不管怎样我一定得回到海蛇岛,亲眼看看真人与夜宵现在过得如何。所以就算找不到食物果腹,也无暇休息,我还是急着赶路。

我连续飞了三天三夜。第四天早上,我终于抵达远在黄泉比良坂更南方的大港。我疲惫地停在树干上,搜寻有无前往多岛海的船只。结果,我发现一艘正在卸下白贝壳的船。那是一艘在我的岛上从未见过、挂着白帆可搭乘三十人以上的大船。

几个半裸的男人，正联手将装在大篮子里的护宝螺贝和夜光贝、蜘蛛螺卸下船。啊，这是多么令人怀念的景象啊。雪白多肉的护宝螺贝必须潜到海底才能捕获，所以，受过训练可以长时间憋气的女人，以及长途航海归来的男人们，才会潜水寻找这种贝类。

我曾听说，护宝螺贝可以加工制成手环与项链，但在我们岛上看不到那样的工艺品。因为捕获的护宝螺贝总是立刻被男人们装上船拿去交易。如此说来，只要上了那艘船，应该可以抵达多岛海附近吧。我避人耳目，压低拍翅声飞行，悄悄依附在船的桅杆上。

这艘船在翌晨出航。为了避免被风吹走，我躲在船底的货物后面或停在船边，不吃不喝地过了数日。

"是大黄蜂！快杀了它！"

骤然之间差点被人用船桨打死，我慌忙飞到海上。那时我耐不住口渴，正绕着装有饮用水的水缸飞行。

"真稀奇，船上居然有大黄蜂。"

水手们很惊讶，对着飞来飞去不肯离船的我指指点点。

"小小一只黄蜂，居然这么自大。这家伙到底打算去哪里？"有人这么嘲笑。

"万一被蜇到会死的。如果它再飞回来就杀了它。"

也有人说着再次抓起船桨。我头一次发现，原来自己是令人类害怕的危险毒蜂。

这时，一个穿白衣的年长男人自船头出现，安抚水手。

"毋宁说，它也许会带来好运。若它再飞回来，就让它搭船吧。"

我这才安心回到船上。于是，那个男人笑了。

"看来好像听得懂人话呢。你若肯保证绝不蜇人，我就让你搭船。如果你同意，就画个圆圈飞给我看吧。"

我当下画出圆圈。水手们一阵热烈喝彩后，面面相觑地说"这只蜜蜂真的听得懂人话"。之前还想抄起船桨打死我的男人，指着我说：

"这只黄蜂，也许是航海守护神。"

就这样，我公然住在水缸下，喝着溢出的清水，猎食船舱里的小虫。黄蜂不仅吸食花蜜，也吃昆虫。只要没有暴风雨来袭，我想我应该可以就这么活下去。

待在船上，不知过了多少天。两周，不，也许更久。在海上，我感到自己越来越衰弱。再这样下去，说不定还没抵达小岛就会死，不得不就此返回黄泉之国。唯独这点说什么都不行，我很怕半途死掉。

风狂雨骤，逼得我要去船底时差点被吹走的情形不止一两次。每次，船都会驶入小港或岛屿的海口躲避风雨。没有岛屿和港口时，只好就这么在汪洋大海上任由风雨翻弄。这绝非一趟平稳的航程。其间，我一直忐忑不安。我很焦急，生怕再不快点抵达自己就会死掉。不过话说回来，帆船的速度，和我之前与真人坐的连帆都没有的小舟可谓天壤之别。只要有风，帆船便飞也似的快速滑行海上。想当初，我与真人可是顺水而流，整整漂流了半年以上。

某日，船驶近一个树木葱郁的大岛，然后小心翼翼地驶入迂回曲折的海口。这是个椿树林直逼海边、白沙耀眼的美丽港口。我的心跳加快。

停在船边放眼望去，只见男男女女三三两两现身港口，欢欣鼓舞地挥手迎接船的到来。人们的脸孔晒得黝黑，浓眉大眼的外貌，令我油然生起怀念之情。他们穿的衣物，不也跟我的小岛有类似的花色与外形吗？我确信，自己已来到海蛇岛附近，于是自船上飞起。

"你们瞧，大黄蜂要下船了。"

水手指着我说。

"原来你的目的地是南方岛屿啊。"

"要好好活下去哦。"

水手们七嘴八舌地向我挥手道别。我也一再画出圆弧，向他们道谢。

南岛风情令我陶醉得连长途航海的疲惫都抛在脑后。这是个慵懒的午后，马鞍藤在热风中轻轻摇曳诱捕昆虫。到了傍晚，从粉红色变成浅褐色的黄槿花纷纷坠落地面。好久没看到花朵与果实，我当下陷入狂喜，不停飞舞打转。我吸食苦槛蓝的花蜜，灌满一肚子的红木荷甘露。然后，我飞入树木苍郁的山中，猎食昆虫与蜘蛛，躲在叶片下睡觉。无尽延伸的藤蔓，茂密的植物，活泼的昆虫，在干涸沙地上滑行的毒蛇。一切都与我的故乡小岛极为相似。不过，这里还不是海蛇岛。

翌晨，恢复精力的我，朝着太阳升起的方向开始在海上飞行。每当发现岛屿我便接近，可惜仍然不是海蛇岛。我经历了两次日出，朝着东方不停飞行。我疲惫困顿，一再认命地觉得，自己或许已是死路一条。

终于，我察觉自己气数将尽，就算再怎么努力，也使不出力气了。也许还没回到岛上我就会死。我紧贴海浪飞过黑夜的海洋，一边回想起黄泉之国的黑暗与阴冷。那是个无色亦无嗅的世界。相较之下，现在虽然累，但这海水的气息，甜美的空气，辽阔无垠的夜空，一切皆是唯有活着才能体验的美好与自由。死了便万事皆休。我一定要设法活下去，至少要看一眼真人与夜宵之后再死。只要看一眼就好，看一眼就好，我不断如此喃喃默念。

突然间，海中巍然耸立巨岩。我慌忙依附岩上。虽不知是哪座岛，总之有可以休息的大地了。我横身倒卧于岩石的小洼槽，开始呼呼大睡。

到了早上，我发现岸壁上四处绽放雪白的百合，不禁为之一震。那是我曾见过的风景。这里，不就是当初我与真人驾船出航的北方岬角吗？我飞到海上，再度眺望那临海耸立的岬角。没错。只有从海上才看得见的北方岬角，在岩壁上，宛如要迎接天神降临，四处装点着圣洁的白色铁炮百合。

我与真人当时很高兴总算乘着这股把我们从小岛送到远处去的海流，二人手拉着手庆幸终于逃出小岛。并且，当我们转头回望这个岬角的崖壁时发现了装点黑色岸壁的百合，还曾为那惊世之美而屏息。

看来，我终于回到海蛇岛了。可惜，我已油尽灯枯。大黄蜂的寿命，据说顶多只有一个月。在生命之灯熄灭前，我必须找到真人和女儿。时间来得及吗？

不过话说回来，好怀念小岛啊。我一边飞过路兜树和苏铁、槟榔树丛生的大地上方，心中同时也在流泪。虽然现在必须化身为大黄蜂，但我做梦也没想到竟然还能回来。巨岩的"神圣标记"已遥遥在望，从正上方俯瞰巨岩，就像在泪滴形的小岛中央，插进了一根木桩。

已成为大巫女的加美空，是否别来无恙？还有，我的母亲尼世罗依然健在吗？我不知道自从我蒙伊邪那美神宠召之后，已过了多长时间，但我只想尽快见到他们。

我朝着自家的方向拼命飞行，途中没见到半个人影。这里宛如死岛，既没有飘起的袅袅炊烟，也不见忙碌工作的女人。不过，南边港口聚集着小岛特有的小舟。看来现在正是男人捕鱼归来的时期。

如果父亲和兄长们还活着，这时也该回到岛上了吧。我忘记自己已变成黄蜂，简直像重回孩提时代般兴奋雀跃，东张西望地忙着寻找家人。干燥咸腥的空气，在阳光下闪亮刺眼的白沙，以及被太阳晒得发烫的石灰岩，匍匐在海滨与村落之间的水莞花。虽然贫穷，却充满阳光与色彩的美丽小岛。同时，这里也洋溢着生命气息。我忘记了小岛给予我的残酷命运，只是忘我地飞来飞去。

不过话说回来，那些晒得黝黑、为了糊口成天默默工作的人们，究竟都上哪去了呢？

突然间，我撞见送葬的队伍。之所以知道是送葬，是因为身穿白衣的人们，和美空罗大人出殡时一样，排成两列缓缓前进。不过，和美空罗大人那次不同的是，这次的队伍全是女人。而且，木棺只有一具。既不像美空罗大人的棺材那么气派，也不像波之上大人的那般简陋。而且，扛着棺材四角的人，都是我没见过的强壮青年。

这到底是谁的丧礼？从未见过的送葬方式令我讶异，我勉强鞭策疲惫的身体，来回飞行。也难怪我不知道，毕竟，我也只见过一次送葬队伍，就是大巫女美空罗大人和殉葬的波之上大人出殡那次，所以我自然无从得知。

队伍前头有巫女。她一身白衣，额上缠绑着山苏的叶片，两枝路兜树的黄花分插两端如同双角。她的胸前，挂着串串珍珠项链，一边敲响贝壳一边载歌载舞。这个体形比别人壮硕的中年女子，和美空罗大人极为神似。可是，美空罗大人应该不可能还活着。是我回到了过去的时空吗？我的心神陷入混乱。

今日斯日

小巫女大人隐身

三粒沙与三根指

一波潮与一颗头

推出去

垂下来

今日斯日

小巫女大人魂散

自天祈祷

自海奉献

今日斯日
虔诚膜拜

不，我以为是美空罗大人的人，就是加美空本人。她大概有三十五岁了吧。加美空和我小时候看到的美空罗大人长得一模一样。不，比美空罗大人更美，看起来更有气势。加美空那种充满女人味的娇美，该如何说明才能让您理解呢？

明明住在阳光毒辣的南岛，她的脸与双手却奇迹般的雪白，浓密的黑发长及臀下，大眼睛凛然圆睁。那种光辉与威严，连外人也可感受到她的生命之充实与幸福。而且，她的嗓音如铃声美妙清亮，唱起歌来也动听得令人心醉神迷。她的指尖修长，随着歌声频频抖动双腿；任由一身白衣的衣摆翻飞，不停旋转，不像在祈祷，倒像在舞蹈。美空罗大人威严十足，加美空却令人感到羡丽与活力。明明是送葬队伍，大家却像被领头的加美空的声音与动作吸引，兴奋不已。

我感觉时间似乎过了很久，慌忙绕着送葬队伍周遭搜寻。除了加美空之外还有没有我认识的人呢？还有，在这纯女性的送葬队伍中，会不会有夜宵的身影？有十几个年轻女子排在队伍后方，但我没看到貌似夜宵的女孩。

如果我还活着，年纪大概也跟加美空差不多了吧。我很高兴能和最喜欢的姐姐重逢，忍不住绕着加美空嗡嗡拍翅。

本来高声歌唱的加美空，忽然看到我了。

"加美空，是我啊。我是波间。"

我在加美空眼前绕着圈圈飞。加美空右手敲着贝壳，左手哗啦啦地把弄着挂在脖子上的串串珍珠项链，满脸不可思议地盯着我。不愧是大巫女。我与加美空，应该能在冥冥之中心意相通吧。拜托，请认出我。我是波间，我是波间。

我忘记自己来自不洁的黄泉之国，拼命拍动翅膀。霎时，我被加美空拿的贝壳高高弹飞到空中。在那一瞬间，我甚至不清楚究竟发生了什么事。

过了很久之后，我才醒悟，看样子，我似乎跌落在送葬队伍外围昏过去了。没有被人类踩死，已经算是运气很好了吧。甚且，也没有被小鸟、蜘蛛吃掉或被蚂蚁搬回窝。我就这么陷入假死状态躺在地上。

当我清醒时，太阳早已西沉，四下也渐渐昏暗。我正欲飞起，却愕然地发现我的左翅严重折伤，肚子也破了。因为飞得太靠近，我被加美空狠狠击中。被最喜欢的姐姐攻击，令我悲不可抑。

送葬队伍似乎早就走远了。这时候，在网井户举行的葬礼大概也已结束了。现在，是谁担任幽冥之国的巫女呢？还有，今天到底是谁死了？

我记得加美空好像曾唱到"小巫女大人隐身"。为了确认小巫女大人是谁，我打算朝曾经以为再也不会踏入的网井户飞去。可是，我飞不起来。被击落在地是一大致命伤。我的寿命正急速缩减。

再给一天，不，半天时间就好。我向黄泉之国的伊邪那美神恳求。可是，伊邪那美神想必会用那失焦无神的双眼，假装什么也没注意到吧。不惜化身昆虫也坚持要看生者世界的我，肯定令她目瞪口呆、非常失望。是我自己选择化身为飞得快又强悍的黄蜂，而非寿命长久的蚂蚁，所以纵使没见到真人与夜宵就死去，我也没得埋怨。为了迎接即将降临的死亡，我躲进苏铁毛茸茸的雌蕊中。

可是，隔天一大早，我被一群蝴蝶吵醒。这时盛夏的太阳尚未升起。看来我还活着，但我的生命应该只剩下几小时了吧。我暗叹侥幸，朝网井户飞去。网井户，为了让死者能与绕行的太阳一同前往海底之国，位于岛的最西端。

升起的朝阳，徐徐染红网井户那片宛如被修剪成圆形的草地。白色洞窟兀然洞开的风景，令我不寒而栗。将近二十年前，我曾经每早在此打开美空罗大人与波之上大人的棺盖，协助二人踏上永恒之旅。当时的战栗重回心头，虽然现在化身为大黄蜂，我仍止不住浑身颤抖。

网井户是死者的临时居所，这里留有灵魂脱离后的尸身，当然也包括美空罗大人与波之上大人的白骨，以及我的祖先们的遗骸。洞窟深处，散布着腐朽的木棺，有些白骨甚至露在棺外，也看得见散落的碎骨。越靠近入口，停放的棺木越新。那几具小棺木，大概是真人那些一出生便夭折的弟弟所有吧。

我曾住过的简陋小屋依然存在，不过屋顶倒是铺上了路兜叶，变得像样多了。有路兜叶铺顶，无论遇上夏季傍晚必有的倾盆大雨也好，暴风雨也罢，想必都能撑得住吧。我躲在形似喇叭的雪白铁炮百合花后面，眺望染上朝阳的小屋。

这时门开了，从中走出一个少女。是侍奉幽冥之国的巫女。这个女孩的身份虽是不可或缺，但遭遇却令人同情，只见她双眼哭得红肿，叹出一口长气。我仿佛看见了昔日的我。可是，当时我连小屋也不敢进，只是站在父兄监视的结界边畏缩不前，所以这个女孩比起昔日的我，显然应该是认命多了。想必从她很小的时候，就不断有人提醒她是下一任的幽冥巫女吧。她的体形虽然纤瘦，但手脚修长，动作灵敏，身体似乎很健康。

女孩踌躇了一会儿，终于走向洞窟，然后将放在最靠近入口那具崭新棺木的盖子略微掀起，朝里窥视。可怕的工作开始了。

"母亲，早安。"

滑过脸颊的泪水在朝阳下灿然发亮。看来死去的是幽冥巫女的母亲。到底是谁呢？我尽量不发出拍翅声悄悄靠近，从女孩的肩头窥看棺木。里面躺着一个头发全白的老妇，表情安详地紧闭双眼。

"母亲，你曾做过的事，从今天起将由我接手。想到我的第一件工作，竟然是替母亲送行，我好难过。"

女孩倚棺哭泣，泪流不止，用手背拭着泪。她的长相莫名眼熟，长得非常可爱。但是，我并不认识她。同时，我也不懂，躺在棺中的女人为何会是幽冥巫女。我以为应该是像美空罗大人与波之上大人那样，阳与阴的姐妹二人一组，分别担任大巫女与幽冥巫女。

"可是，也因此让我没那么害怕了。就算母亲的身体腐烂，我也不怕。反而觉得心疼。母亲生前那么宠爱我，所以我要报答母亲。在母亲的灵魂尚未在二十九天后前往海底之前，我一定会好好守护您。"

我清晰地想起那个晴朗的晚上。我是指美空罗大人与波之上大人以生前的模样来道谢的那晚。可是，那时的我，早已背叛了美空罗大人她们。我的肚子里，已经有了夜宵。

女孩用清亮的嗓音坚定地说：

"母亲，而且这里也睡着对我很好的尼世罗夫人和许多兄长，所以我一点也不怕。母亲奉命当这里的巫女，所以我早有心理准备,自己迟早会有这天。我们的工作虽然可悲,但总得有人来做,所以这是无可奈何的,对吧?"

尼世罗。看来我的母亲也早已去世,长眠于此。在那洞窟中,她大概正躺在某处吧。我再也见不到她了,想到这里我深感失望,但是继而又想到母亲或许也去了黄泉之国,于是也就不太惆怅了。

女孩盖上棺盖,双手合十虔诚祈祷,然后站起来,朝网井户的入口走去,也就是我成为幽冥巫女的那晚,被装上栅门关起来的地方。现在果然也有栅门,但不像我那时是用有刺的路兜树枝搭建而成,现在的只是用山苏叶片编成栅门的样子,徒具形式而已。

栅门前,一个高大的男人略略垂首而立。他穿着代表服丧的白衣,所以晒成古铜色的强壮身体更加显眼。这个男人是谁?我见过。他该不会是真人吧?我的心跳加快,当男人开口时,我不禁怀疑自己的耳朵。

"夜宵,你还行吗?"

我大吃一惊,望着被称为"夜宵"的女孩的面孔。这是我的女儿。顿时,那副容貌令我恍然大悟。看似落寞的五官跟我的母亲尼世罗一模一样,细瘦的体形,是遗传自我。还有那对大眼睛,很像加美空。不,她的眼睛像真人一样意志坚定。仔细一看,其实是非常美丽的女孩。可是,夜宵为何会成为幽冥巫女？我是"阴",所以我的女儿应该是"阳"才对。

夜宵开心地跑过去。

"真人大哥,你果然遵守约定,来看我了。"

果然,男人就是真人。我望着被称为真人的男人的面孔。的确,他是真人。强悍的眼神,高挺的鼻梁。曾是稚嫩青年的真人,已变成剽悍的海上男儿。但他的温柔与宽大似乎依然如昔,我当下一阵狂喜。

我终于与丈夫和女儿重逢了。可是,夜宵为何喊老妇"母亲",喊真人"大哥",我实在不明白。我一边嗡嗡低吟,一边绕着附近打转。真人不耐烦地用手拂开,瞪视化身为黄蜂的我。

"岛上应该没有这种蜂。它又大又凶。夜宵,你要小心。"

夜宵的目光追逐着我。

"可是,我很寂寞,只要肯来这里陪我,就算是黄蜂也好。"

我当下伤心欲绝,恨不能现在立刻恢复人身,告诉夜宵:我是你的母亲,当初为了救你才逃离,为何你现在会在此地?可是,真人似乎不当一回事,径自把槟榔叶编成的容器递给夜宵。

"这是今天的食物。"

接下容器的夜宵对真人说:

"大哥,母亲看起来不像已经过世啊,简直像在睡觉。大哥要不要也去看看她?"

真人沉默,两手遮住朝阳。他的手骨节分明,很好看。

那是曾在替加美空送食物的风雨夜,牢牢握紧我的坚定双手;是摸索我的身体,找出快乐核心的男人之手;是在我失眠的夜里,哄我闭眼的大手;同时,也是掐住我脖子的手。这双手,曾经沾染过海蛇的浓稠汤汁。我望着真人浸润在朝阳中的手,某种疑念几乎令我发狂。

难道说,真人竟把夜宵谎称为自己的妹妹?若真是如此,躺在那具棺木中的,一定是真人的母亲。无法承担次位巫女这个职责,遭到诅咒的海龟一族。啊,我不由得失声喊出。

真人该不会是带着襁褓中的夜宵回到岛上,欺瞒岛民,说自己的母亲终于生出女儿了吧?因为,只要这么做,他的父母和弟弟们就不会死了。真人的母亲,是第二顺位的巫女,所以在我逃离后大概递补了幽冥巫女的位子。次位巫女的家族,必须负责填补空缺。也就是说,大巫女加美空死时,我的女儿夜宵,注定要为加美空殉死。

"算了吧。水手不能在白天见死者。如果违反规定,听说会有报应。"

真人忧心忡忡地蹙起眉头四下张望。我很气愤。我与真人,不是早就犯禁了吗?而且是一而再再而三。我们把本该从崖上倒掉的加美空的剩饭拿来一起偷吃，本该终生童贞的我，与真人相爱导致怀孕。甚至，二人还一起逃离小岛。那么，那个报应是由谁来承受了？正是夜宵。察觉到这点，我几乎心碎。

怎么办？怎么办？我嗡嗡拍翅飞来飞去。可是，纯洁无垢的夜宵却毫不知情，还想忠于自己的职责。

"大哥，船几时出海？"

夜宵不安地问。

"今天晚上。之后我已嘱托我儿子照顾你。"

"谢谢。"

夜宵开心地道谢。

"我差点忘了。这个你拿去用。"

真人从怀里取出汤匙交给夜宵，是夜光贝做成的汤匙。这个，不是波之上大人在网井户小屋用过的东西吗？也是逃走那晚，我从小屋带走的唯一东西。

"这是什么？"

夜宵望着汤匙问。真人略微踌躇后说：

"是一位波之上大人用过的东西。出于某些原因，暂时交给我保管。"

"我知道。那个人，就是母亲前一任的巫女对吧？"

没有任何人提到我。这是为什么？还有，我的丈夫真人为何不把真相告诉女儿？为何不告诉她：波之上大人的继任幽冥巫女是波间，也就是你的母亲。结果，真人居然像外人般坦然对夜宵说：

"是的。这个，就留给你吧。你在小屋可以使用。"

"真好。"

真人握着夜宵的手说：

"那我走了，你保重。起初或许会寂寞，但你要专心工作。反正等你安顿下来之后，大家都会来看你的。你要替我好好送母亲远行。为了生下你，她吃了很多年的苦。"

"好。大哥也要保重哦。加美空大人还好吗？"

"她很好。"

"接下来暂时不能见到她，你替我向她问好。"

"我会的。"

真人露出白牙一笑。我悄悄停在真人背上，小心地不让他发觉。

任由我就这么贴在背上、已成为壮硕中年男人的真人，快步走在岛里小路上。擦身而过的人，全都目眩神迷地仰望高大的真人，一边满怀敬爱地深深行礼。和以前因为生不出女孩而被诽议为受诅咒的家族，甚至受到全村排挤的待遇相较，简直是云泥之别。无法出海捕鱼，只能混在女人堆中在海滩捡海藻与贝类的屈辱，也总算洗雪了。而这些，都是因为他把我的女儿伪称为妹妹向岛长报告。我的心，笼罩在乌黑的疑云中。

真人走进清井户旁的小房子。那是我以前替加美空送餐的美空罗大人住处所在。现在，美空罗大人的房子已经不见了，原地盖起路兜叶铺顶、看似凉爽的高架式房屋。

院子的水井前，两名少年正在替拖曳网绑上珊瑚当镇石。二人转身，朝真人挥手。一人已快成年，是个看来应会成为好渔夫的健壮少年。另一个，才八岁左右吧，是个与兄长酷似的聪颖少年。

"父亲，你回来了。"

真人点点头，然后立刻问：

"你母亲呢？"

"在祈祷所。母亲在祈求航海平安。"

回答的，是较大的少年。小的那个，也许是太喜欢父亲所以有点害臊，刻意装出一副专心修补拖曳网的模样。真人拍拍小儿子的肩膀，看到儿子露出灿烂笑容后，才朝祈祷所走去。真人与加美空结婚，大概生了很多小孩吧。这次，从屋内，一名十六岁左右的女孩和年约五岁、模样可爱的女童跌跌撞撞地冲出来。

"父亲，你回来了。"

女儿也生了，看来大巫女的家族不愁无人传承。加美空果然称职地尽到了责任。加美空的光辉与威严，除了在巫女工作上的成功，原来也来自做母亲的充实感。还有，真人的爱。

我想起以前，加美空对我偷偷吐露的秘密：

"如果命中注定非生小孩不可，那我情愿替真人那样的人生小孩。可是，美空罗大人说真人家受到诅咒所以不行，真可惜。"

由于真人在即将抵达大和之际折返小岛，加美空的心愿得以实现。我曾想祈求姐姐加美空和曾是我丈夫的真人得到幸福，现在却不知如何是好。真人改变了自己的亲生女儿夜宵的命运，这点我说什么也无法原谅。

真人不知我贴在他背上，径自朝着清井户密林中心的祈祷所走去。祈祷所，是在榕树下摆设石头祭坛的场所。身穿白衣的加美空面朝东方，正在虔诚膜拜。真人耐心地站在祈祷所外，等待加美空祈祷完毕。加美空正在祈求航海平安。那是美空罗大人以前一天到晚吟诵的词句，所以我也记得一些。

遥拜天

遥拜海

再拜岛

祈求高挂天际的太阳

背对沉入海中的太阳

男人的七首歌响起

男人的三头掀起浪涛

遥拜天

遥拜地

请庇佑岛

祈祷完毕的加美空察觉动静转过身来。"加美空！"真人喊了加美空的名字。加美空站起来，连祈祷的衣服也没换，当下扑进真人怀中紧紧拥抱。

"我们都没什么时间在一起呢。"

"没办法。男人必须出海捕鱼。"

"真人，你一定要平安归来。"

"放心，你不是帮我祈福了嘛。"

二人交谈后，好一阵子就这么默默拥抱。可以感受到他们是相爱的。我再也看不下去，无声飞起后，停在榕树的气根上。加美空仰起脸。

"如果上天能听到我的祈求，那我愿意祈祷到死。"

"加美空如果死了，这座岛也完了。"

真人把脸埋在加美空的颈窝说。

"你的母亲，仿佛知道你归来，一直撑到你回来才过世，不愧是巫女。现在又有了夜宵这么像样的继承人，所以她应该走得很安心吧。不过，这样下去，夜宵不能繁衍后代，到时次位巫女的位子又会空出来了。"

加美空抬起脸，安慰真人。

"没办法。加美空你只能尽量长命百岁，等待孙女诞生。这就是岛规。"

真人接受了岛上的命运。因此，他杀了碍事的我。这点带给我最大的冲击。过去我们一直在联手抵抗残酷的命运。真人把加美空吃剩的东西偷偷拿给他母亲，他母亲生女失败后，他便与我一起偷吃，还跟身为幽冥巫女的我交媾使我怀孕，和我一起逃离小岛。真人本是与我一起对抗岛规的人，现在竟然也是他，把我的女儿献给"岛规"当祭品。

"真人，就算只有片刻工夫，你不在身边也会令我好寂寞。"加美空的脸颊贴上真人，"从小，我就一直喜欢你。我的夫婿人选只有你一个。"

"我也是。"真人说着，抱紧加美空，"你一直是我的梦中情人。可是，大家都说我家受到诅咒，排挤我们，所以我只好死了这条心，把你当成永远得不到的珍珠。"

二人的对话中，完全听不到我的名字，早已死掉的加美空之妹，消失在某处的幽冥之国巫女。人们毫无印象、微不足道的女孩，那就是我。变成大黄蜂的我，气得浑身发抖。

"你母亲能生下夜宵,真是太好了。那时,好一阵子没听说你的消息,我还很担心你呢。"

"那时我母亲的身体很糟。"

"据说波间也跳海死掉了。难道她就这么讨厌当幽冥巫女吗?"

"她只是无法接受命运。"

真人这么说时,我挤出最后一丝力气飞起来,停在真人的脸孔前。加美空发现了我,当下脸色一沉。

"这只蜂昨天也在。我明明甩开了,结果居然还没死。"

"网井户也有。照理说岛上应该没有这种危险毒蜂。"

真人想捏死我的刹那,我用尽全力朝真人的眉心刺下。然后,我高喊:

"叛徒!"

真人仿佛听见了我这句话,露出惊愕的表情,旋即颓然倒地。加美空发出尖叫。而我,也在愤怒中气绝身亡。

3

我躺在地下神殿的门前,自阳光普照的海蛇岛,骤然回到了黑暗冰冷的黄泉之国。伊邪那美神说得没错。若问我是否失望,的确如此。不过,得知真人的变心与背叛后,我的心已经冷透了。我觉得唯有这黄泉之国，才是现在的我最适合栖身之处。

"欢迎你回来，波间。"

门开了，伊邪那美神出现了。我连忙起身行礼。

"我回来了。伊邪那美大人，能够看到外面的世界，我总算安心了。您的心意，我不胜感激。"

"波间，你就别嘴硬了。"伊邪那美神报以苦笑，"看过生命光辉的人，要再回到这里肯定很痛苦。"

"不，伊邪那美大人。我亲身经历之后才明白，伊邪那美大人为何会说，自己死后的生者世界还是不知道比较好。是我太肤浅了。今后，我一定会诚心诚意地服侍您，还请您多多关照。"

伊邪那美神点点头，然后将神殿两扇对开的门大大敞开。

"来，进来吧。有件事一定会令你惊奇。"

究竟是什么事呢？我侧首不解，一边尾随伊邪那美神走进巨柱并列的地下神殿。柱子后面，出现了一个穿白衣的高大男人。我一看到那男人便愕然驻足。我不愿认清真相，无法再前进一步。

"你怎么了，波间？"伊邪那美神转过身来，"在那里的，是真人吧？"

"真人为何会在黄泉之国?是被伊邪那美大人赐死的吗?"

我浑身颤抖,跪伏在伊邪那美神脚下。想到也许是伊邪那美神感受到我那股巴不得杀死真人的恨意,我不禁对伊邪那美神心生畏惧。

"你在说什么傻话。是你杀的呀,波间。"

伊邪那美神平静地回答。我惊愕抬头。是因为变成大黄蜂的我刺中真人的眉心,所以他才会死吗?留下加美空与孩子们。我到底做了什么事啊。

"是因为我蜇伤他吗,伊邪那美大人?"

"是的。大黄蜂的毒性很强。照理说,真人应该只剩下飘浮的魂魄,但他显然怨念很深,所以才会以生前的姿态出现。"

伊邪那美神如此说完,就回自己的起居室去了。

真人不知所措,一脸哀伤,正仰望着消融在黑暗中的高耸天顶。

"真人。"

我的呼唤令真人垂眼看向我。他的眼中,没有表露出任何情感。

"我是波间。你不记得了?"

"波间?"真人表情空茫地看着我,但他旋即摇头,"这个名字好像听说过,但我不记得了。对不起。"

说完,真人又转身向后。他看起来不知如何是好,非常无助。

"我跟你结了婚,在舟上产下女儿。我们不是还替她取名为夜宵吗?之后我就被你杀死,来到这里。"

真人说他不记得我,这究竟是怎么回事?我在令人眩晕的强大冲击中,努力试图说明。但是,真人依旧缓缓摇头。

"我不知道,那是几时发生的事?你说被我杀死,是真的吗?我没印象。而且,夜宵是我妹妹。"

"不对,她是我跟你的女儿。我是加美空的妹妹,本来是幽冥之国的巫女。"

真人似乎完全不记得了。

"加美空是我的妻子,白昼之国的巫女。幽冥之国的巫女,本来是波之上大人。"

"波之上大人的继任者,是波间,也就是我。当时,你不是每隔几天就会来网井户看我吗?"

真人根本没有听我说话。

"这是什么地方?为什么我会一个人待在这种地方?"

"这是黄泉之国。你已经死了。"

"死了?加美空明明曾替我祈祷,结果我还是无法平安返家吗?"

真人似乎很失望，颓然跪倒在神殿冰冷的石地上。他大概以为自己是出海捕鱼而死吧。我被困在无力感中，悄悄离开。真人的记忆中，没有我容身之处。如此说来，我对真人的爱终是徒然，他与我的过去等同消失。我岂不是等于从来不曾存在过？枉我还以为他会哭着求我原谅他杀害我之举。这是多么空虚啊。我的心，在地下神殿的黑暗中永无止境地深深沉落。

对于伊邪那美神每日决定千人死亡的行为，我想必曾经打从心底厌恶吧。我傲慢地自视清高，所以用毒针杀死了即便死在他手上却仍念念不忘的真人。可是，变成一缕幽魂的真人，依旧深爱加美空。被迫永远与加美空分离的真人魂魄，如果在过度空虚下永无瞑目之日，那么我的魂魄便更加空虚，更加永无宁日。

同时，我还发现了另一种空虚。那就是即便杀死对方，这种憎恨与愤怒也不会消失。怨恨这种感情，一旦点起火苗便难以熄灭。该怎么办才好呢？纵使真人变成这副模样，也无法熄灭我的怨恨之火，只能等待火苗自己燃尽吗？

伊邪那美神说过，凡人与神不同。那么，伊邪那美神应该不会有我这种痛苦的心情吧？在不知如何是好的情况下，我忍不住瞥向伊邪那美神消失的居室。但是，门扉紧闭，犹如伊邪那美神的心。

呜呼噫唏，彼何好女

How Comely Now The Woman

1

帆扯满了风，船逐波破浪，勇猛前进。八岐那彦的左臂停着白色苍鹰，站在船头眺望前方。一旁，守着年轻的侍从宇为子。在甲板上来回奔跑的水手们，露出总算乘风而行的安心表情，仰望八岐那彦。八岐那彦和苍鹰，宛如船只的守护神。

看来风势正好。船的速度加快，在大海上快速前进。桅杆上不断传来类似悲鸣的摩擦声，甚至有点吵。苍鹰正面迎向强烈的海风，像在空中飞翔般挺起胸膛。

"宇为子，搭船真有趣。"

八岐那彦一边伸指轻抚苍鹰的利喙，一边对侍从说。就在刚才还因为晕船脸色惨白的宇为子，现在似乎也总算好多了，露出爽朗的笑容，转头仰望主子。

"是，甚至令人想永远这么坐船航行。"

宇为子的眼中，流露出对八岐那彦的尊敬与服从。八岐那彦正值三十岁的盛年。他肤色白皙，面色高傲，身长超过六尺，手脚修长，胸膛厚实，角发乌黑茂密。反观宇为子，年方十九。与八岐那彦相较之下，他那尚未锻炼出结实肌肉的纤细体形，仍留有少年的稚气，有点不太可靠。二人看起来也像是年纪差了一大截的兄弟，带着苍鹰气多丸，一边随兴打猎，一边继续不知终点的漫长旅行。

平日骑马行动的八岐那彦搭乘运贝船，这是第二次。上一次，约为一年前。当时八岐那彦起意搭船，是因为遇上一群手戴贝环的人们。那里，是靠近大和国南端的农村，村民几乎人人都戴着贝壳制成的饰环。妇女与小孩的左手腕戴着小手环，男人则在右手上臂套着厚重的白色贝环。

骑马的八岐那彦与宇为子一进村子，村民立刻围过来。男人们畏惧八岐那彦的弓矢与长剑，看到他胸前佩戴的绿玉纷纷后退。玉是贵人的象征，这点在大和人人皆知。女人为这两个俊美男子惊叹后，又对八岐那彦的白绢衣裳发出一阵赞叹。忍不住好奇的孩子们围着气多丸，从旁偷偷摸摸地伸手去摸八岐那彦的长剑，惹来宇为子的叱责。

"套在手上的手环是什么？"

八岐那彦这么一问，一名上了点年纪的男子拨开村民上前，恭敬地回答八岐那彦：

"我们佩戴的，是护宝螺贝制成的贝环。妇女与孩童佩戴的，是用较小的芋贝制成的。对我们这些务农为生的人而言雨水最重要。因此，能够唤来雨水的人，可以得到村中最气派的贝环。在这个村子，那就是我。"

男人骄傲地说。此人大概是负责求雨的咒术师吧。咒术师取下自己佩戴的贝环,让八岐那彦看。贝环很重,表面雕刻着精美的图纹。

"好精致的手工。这个贝环是从哪弄到的?"

八岐那彦感叹地问。

"在大海的遥远彼方,有一群称为多岛海的岛屿。贝壳就在那里捞获,然后经过加工,和我们这里交换谷物与土器等物品。为了进行交易,船只会往返两地之间。"

八岐那彦吃了一惊,不由得瞥向宇为子。宇为子似乎也是初次听说,缓缓摇头。主仆二人这段日子已走遍大和国内各个角落,但是既未听说过多岛海这个地方,也没有去过。

"你说的多岛海,位于何处?"

"在遥远的南方。不过,其间小岛星罗棋布,所以只要沿路停靠各个小岛,这趟航行并不困难。南方的岛屿,与大和国的风貌截然不同,听说是很美的地方,不过,好像也有与大和国不同的毒物。"

"那是指什么毒物?"

咒术师冷冷一笑。

"不知道。在美丽的地方,想必无论是人类还是动植物,都有我等小民无从想象的陷阱、毒物与死亡吧。我想也许是那个意思。"

八岐那彦当下起意去那个什么多岛海一探究竟。他想要咒术师佩戴的那种贝环，况且如果去陌生地方，想必也会有许多前所未见的美貌女子，想到这里他已急不可抑。还有不知名的毒物，这个字眼也令他内心颇为亢奋。

那是一年前的事。当时八岐那彦在好奇心的驱使下，立刻搭上运贝船，展开为期两周的海上旅程，最后抵达位于多岛海入口的天吕美大岛。他在那里，邂逅了岛长的女儿真砂姬这位美丽的姑娘，当下娶她为妻。

这次的航海，就是为了再度探访真砂姬。八岐那彦的右臂虽然藏在衣袖中，其实已佩戴着真砂姬馈赠的护宝螺贝环。说到这枚贝环之闪亮、手工之精妙，咒术师的贝环根本没法比。

八岐那彦用左手隔着衣袖抚摸贝环。他迫不及待想见真砂姬。对于已纳为妻子的女人，这种渴切并不常有。不，在遥远的往昔，这种渴望见到妻子、在极度的相思煎熬下甚至痛不欲生的情形应该也发生过。但是，随着如岩石般越活越久，他早已忘怀。

"八岐那彦大人，您看那个。"

宇为子指向前方。在点点白色碎浪之间，漂浮着一叶草舟。草舟被大浪覆盖，浮起又沉落，沉落又浮起。八岐那彦不知为何忽感一阵心痛。

"那是什么?"

"不知道,那会是什么呢?小的从未见过。"

宇为子的表情也蒙上了阴影。

"我想问问看。你去叫个人来。"

宇为子当下在摇晃的船上奔跑,去喊舵手。舵手在贵人面前伏身跪倒,八岐那彦指着草舟问他:

"那边漂浮的小舟是怎么回事?"

舵手看清草舟后,顿时表情一僵。

"那上面,载着婴儿的遗骸。这一带的岛屿,习惯将夭折的婴儿像那样放在草舟上随波逐流。并且,祈求婴儿能够前往大海彼岸的幸福国度,得到新生命之后再回来。"

八岐那彦望着似乎随时都会沉没的草舟。他心中有个疙瘩,总觉得在很久以前,自己似乎也曾放逐过那样的小舟。可是,那是几时的事,是跟谁一起做的,他却想不起来。也许发生过,也许没发生过。一切都充满不确定,只是模糊缥缈的记忆。八岐那彦成为凡间男人已有数百年,不,已近千年了。漫长的岁月流逝,久得甚至已想不起自己本为男神。

"经历分娩之痛后,没想到还有离别之苦在等着。"

舵手听见八岐那彦的喃喃自语,一脸感动地额头贴着甲板行礼。八岐那彦的感情起伏之激烈,往往逸脱常轨。他将心中感想说出来后,总是立刻惹得身边人落泪,或是逗得全场朗声大笑。因此，八岐那彦的周遭，总是聚满了人。并且，大家总是紧盯着八岐那彦的一举手一投足，竖耳聆听八岐那彦说的话。

突然间，苍鹰尖声啼鸣，在鹿皮做的喂饵架上跺足。

"气多丸，你不用去。"

气多丸察觉主人的注意力放在草舟上，亟思出击。八岐那彦伸手想安抚它时，气多丸的利爪掠过八岐那彦的手背，顿时皮开肉绽，喷出鲜血。慌张的宇为子替主人的手裹上白布止血。八岐那彦轻轻啐舌说，真稀奇。苍鹰是很受教的鸟，绝对服从主人的命令，可今天不知怎的情绪特别激动。

宇为子像是自己犯错般一脸歉疚，忧心忡忡地望着主人裹手的白布渗出血迹。

"您受伤了。"

"不要紧。马上就会好。"

八岐那彦心想宇为子大概会担心，于是刻意隐瞒着手上的伤势。

"啊，沉下去了。"

舵手指着浪涛之间。简陋的草舟，已被海浪吞噬消失无踪。八岐那彦微微摇头。

"为何放在那种小舟上呢？葬在地下不是更好。难道说，海底才有安宁吗？"

"这片土地上的人大概如此深信吧。所以，下辈子一定会健康地投胎转世。所谓的祈愿，不就是这么一回事吗？"

宇为子似乎很相信，但八岐那彦抱持怀疑。

"不见得吧。保有现世的生命，那才是最重要的。一旦死了不就全完了吗？纵使那样凭吊，也毫无意义。毋宁说，把婴儿孤零零地放在小舟上，婴儿太可怜。"

八岐那彦自言自语道。婴儿太可怜，说这话时，八岐那彦的胸口深处微微作痛。自己繁衍的子嗣中，也有一出生就死掉的可怜孩子吗？八岐那彦闭目沉思，但他想不起来。无论是自己迎娶的妻子人数，或那些女人产下的孩子人数，都多得数不清。

八岐那彦对于在海上意外遭逢小生命之死深感不快。长生不死的自己会讨厌死亡，与死亡抗争，是理所当然的。该恨的，是死亡。死亡，把我们所爱的人带到永远无法重逢之处，令死者的遗族坠入深得爬不起来的悲痛深渊。死亡就是不讲道理的暴虐本身。

然而，八岐那彦同时也是猎人。他就是为了猎杀动物才一直旅行的，若说矛盾，的确很矛盾。八岐那彦与气多丸一同狩猎的，从斑点鸫、云雀这类小鸟到雉鸡、兔子都有，只要发现猎物，便会一路追捕到底。

而且，八岐那彦的狩猎对象不仅是动物。无论是处女还是半老徐娘,只要风闻有美女,不管在哪儿他都会前往诱惑,从美女的父兄或丈夫身边抢过来,然后,就像要补偿被他杀死的动物的性命,让那些女人纷纷怀孕。

这些年来,他究竟繁衍了多少生命呢?为了对抗可憎的死亡,只能不断繁衍新生命。这就是八岐那彦的使命。养育孩子是女人的职责,八岐那彦只负责授予生命,之后就不管了。因此,通常他一旦启程离开,便再也不会回到该地。不过,多岛海是唯一的例外。

"真砂姬夫人不知是否别来无恙?"

宇为子忧心地直视大海前方说。他与真砂姬年龄相近,因此大概把她当成姐姐仰慕吧。

"是啊,不知她过得如何。以真砂的个性,说不定就算挺着大肚子,也照样在海中游泳。"

八岐那彦愉悦地仰望万里无云的蔚蓝晴空。之所以这样再次挑战不习惯的海上旅行,全都是因为他爱上了真砂姬。

真砂姬,比任何人都美丽。她年方二十,大大的黑眼珠妖媚迷人,眉毛浓密,还有着勾魂摄魄的胴体。她的身高约及八岐那彦下颚,丰乳翘臀,浅褐色的光滑肌肤,缠绕在八岐那彦结实的肌肉上,简直像是专为他而生的肉体。而且,真砂姬成天在外奔跑、游泳、潜水,非常活泼好动。八岐那彦以往只见识过纤弱瘦小的大和美女,因此真砂姬的一切对他来说都充满难以抗拒的魅力。

可惜，八岐那彦不能在一个地方久留。如果待久了，八岐那彦历经多年岁月仍不会老的真相就会暴露。当八岐那彦开始想念大和的猎物，准备启程返回大和时，真砂姬曾哭着挽留他。她说自己已有孕在身，请陪伴她直至孩子出生，否则她会害怕。

汪洋大海
底层之贝
亦可成环
在君之手
依依相伴

（就连在海底捡来的白贝，
都能装饰在郎君手上，陪伴郎君同行，
独自被留下的我该如何是好）

真砂姬献上她亲手制作的护宝螺贝手环如此吟诵。八岐那彦也唱歌回赠道：真砂姬比玉更耀眼，比玉更美丽，是我爱过的女子中最心爱的，这份爱，将如美玉照亮我的心。唱完，还取下自己从不离身的绿玉挂在真砂姬脖子上，信誓旦旦地说，等到孩子出生时，他一定会回来团聚。

"您的孩子应该已经出生了吧？"

宇为子说着，仰望八岐那彦。

"这个嘛，谁知道。我倒希望她能等我抵达再生。"

八岐那彦笑着说。唯独这次，他渴望由自己替新生儿接生。与心爱的真砂姬能够有新生命诞生，想必会为八岐那彦带来莫大欢喜吧。

"夫人一定打算等八岐那彦大人抵达后再生。"

宇为子虽然羞涩还是十分肯定地对主人说。

2

翌日，就在即将抵达天吕美的前一晚，正值顺风，是个前所未有的风平浪静的夜晚，所以八岐那彦决定宴请全船水手。虽然酒宴简朴，只有在船上钓的鱼和干饭（蒸熟后干燥保存的米饭，泡水后食用，乃日本自古以来的旅用干粮。——译者注），但八岐那彦打开了自己带上船的大酒樽。至于宇为子，则忙着四处走动，替应邀赴会的二十名水手和舵手斟酒。

"来吧，大家尽情喝酒。"

船在好风吹送下，笔直朝目的地前进。天空晴朗，满天星斗，在黑夜的海上洒下光芒。也许是因为好天气令人安心，水手们也笑逐颜开,愉快地举起木杯畅饮美酒。

"说说看,关于小岛,有没有什么趣谈?"

八岐那彦主动挑起话题,水手们面面相觑。

"说吧说吧,说什么都可以。只要是我没听过的话题,对我来说都很有趣。"

八岐那彦快活地说。于是,一个蓄着山羊胡的中年水手率先开口了。

"八岐那彦大人,那么,就由我来打头阵吧。多岛海有许多岛屿,我有时觉得,每个岛就像每个不同的人。"

"原来如此。比方说是怎么不同呢?"

"是,多岛海鳞次栉比地布满许多岛屿。但是,往往这个岛上有毒蛇,旁边那个岛上却没有。或者,这座岛上的人个性温和厚道,旁边那座岛却人人粗暴剽悍。而且,坐船的话仅仅是一点距离,却有如此巨大的差异。因此我觉得,岛就像人一样各有不同性情。"

"那么,每个岛上的女人也各有千秋吗?"

八岐那彦这个问题,逗得水手们哄然大笑。一名面貌滑稽、身材短小的男人立刻站起。

"那当然喽。在西方的居志气岛上的女人,是出了名的美丽又勤快。大家都说,能娶到居志气岛女人的男人都会很幸福。可是,紧靠一旁的弧久利可岛,却是以丑女而远近驰名。她们肤色黝黑,身材矮小,声音也很刺耳,而且,把男人踩在脚下,对男人颐指气使。要是讨了弧久利可岛的女人当老婆,那个男人永远都会受人嘲笑。"

"你不也是吗?"

某人冒出这么一句,水手抓抓头。

"没错,我老婆来自弧久利可岛。不过,她好歹也有她的可爱之处。"

"怎么,原来你很爱她嘛。"

全场男人哗然大笑。

"天吕美怎么样?"

八岐那彦问,坐在下座的青年幽幽地说:

"那还用说,不管怎么说,都是真砂姬小姐属第一。天底下没有人能与真砂姬小姐的美貌匹敌。其他女人通通都是小角色。"

众人似乎都有同感,发出长长的叹息。看来谁也不知道,真砂姬是八岐那彦的妻子。

"的确,真砂姬小姐应该是第一美女吧。我们干水手的,去过各种岛屿,但是还没见过像她那么美的女人。"

许多人纷纷附和。宇为子看起来就像在夸奖自己一样高兴,扛着酒樽到处替大家斟酒。

"请问八岐那彦大人,"暗处传来一个声音,"您可曾听说过海蛇岛的故事？"

八岐那彦干杯之后摇摇头。

"这我倒没有听说过。那个岛位于何处？"

发话的人，上前走到篝火处。原来是个衣衫褴褛、白发白须的男人。在水手之中，算是相当罕见的老头子。本来聊年轻女人聊得正起劲的男人们，当下有点扫兴地看着老人。

"那是位于多岛海的东涯，非常迷你的小岛。"

说到东涯，正是太阳升起之处。八岐那彦当下略感兴趣，转过身打算细听老人之言。

"那里为何有海蛇岛之名？"

"因为被称为'长绳大人'的神圣海蛇，群聚于那座岛。每逢春天，岛上的女人会全体出动活捉海蛇，关进仓库，之后，把蛇晒干了食用。我曾听说，海蛇蛋会拿来做成营养丰富、滋味鲜美的浓汤，但我没有喝过。听说只有必须繁衍生命、地位特别的人才喝得到。"

"那座岛怎么了？"

八岐那彦急着听下文，连连催促。老人大概是感受到八岐那彦的焦急，咧开缺牙的嘴巴笑了。

"那座岛上，有个异常美貌的女人。真砂姬小姐固然漂亮，但那个女人也非常美丽动人。说到肤色之白，堪称多岛海第一。她的身材修长高挑，能歌善舞，充满活力又美丽多姿，令人无法转移目光。虽已不是黄花闺女，但是据说只要见过她一次，人人都会浑身发软地迷恋她。"

吹着舒爽的夜风，全场男人安静地倾听。也有些男人心醉神迷地闭上眼，或许正在想象那究竟是怎样的女人。

"她的年纪，大概多大？"

有人问道。

"至少绝对没有我的一半大。"

老人回答，有几个人这才安心地点点头。

"那个女人叫什么名字？"八岐那彦问。

"大巫女加美空。"

听到巫女二字，当下就有人垂落视线，自认无缘高攀。但八岐那彦可不管她是巫女还是公主，只要是女的就行。总之，他只是将加美空这个名字牢记在心上。

"若是巫女，那就碰不得了。"

一个喝醉的青年说。

老人笑了。"不，加美空大人正是维系生命的人。她必须繁衍大量子孙，所以应该欢迎交媾。因此，人人都努力勾引她，心想运气好的话或许可以成为她的入幕之宾。只是，关键在于必须让加美空中意。加美空只选外表出色的男人。比方说，像八岐那彦大人这样的。"

水手们一齐看向八岐那彦，青年大为失望地高叫：

"什么嘛，照你这么说，那我岂不是毫无胜算。更别说是年轻的真砂姬小姐，当然也不可能看上我这种人。"

众人爆笑，女人的话题就到此打住，大家开始拼命灌酒。

"八岐那彦大人。"

宇为子来到身边喂嚅。八岐那彦一抬头，宇为子就用愤懑不平的语气说：

"刚才的话题，我实在不服气。为什么非得拿那种小岛的中年女人来跟真砂姬夫人相比不可？那个糟老头太无礼了。"

"算了，有什么关系呢。世界很大，在各种地方住着各有不同美丽风情的女人，她们的魅力是无法比较的。况且，有的女人虽生得美，但在床上像个木头人，也有些女人纵使丑陋照样能取悦男人。这种事是无法较量孰优孰劣的。"

八岐那彦安抚年轻的宇为子。

"可是，八岐那彦大人不是对真砂姬夫人一往情深吗？这些年来，您一次也没有回头探访过您娶的妻子们。唯有真砂姬夫人是特别的，不是吗？"

被宇为子一语道破，八岐那彦当下哑然。

"我喜爱真砂，不只是因为她生得美丽，而是因为打从心底爱她。我喜欢她的灵魂。我喜欢她那对我专心一意、不惜奉献生命的美好灵魂。上哪儿再去找那样的女人呢？那种甚至甘愿为我而死的女人。"

宇为子年轻的脸庞隐隐蒙上阴霾。八岐那彦敏锐察觉到宇为子别有心事,当下问道:

"宇为子,你是不是有话想对我说?"

"不,没什么。恕小的失陪,得去喂气多丸了。"

宇为子把脸一撇,就下船舱了。八岐那彦忽然涌上一种难以言喻的不安,不由仰望夜空。但是一切安然无事,星星美妙闪烁,船疾行在平静的海上。

"八岐那彦大人,谢谢您今天招待的美酒。"

舵手来到身旁道谢。

"哪里,是我勉强你们让我上船,我才不好意思。"

"哪里哪里。"舵手猛摇手,"能搭载八岐那彦大人这样的贵人,是我们的荣幸。刚才八岐那彦大人问我们有无趣闻对吧,我也想起一桩。虽然不值一提,但就当是凑个兴。"

舵手把木杯往旁一放便打开话匣子,周遭的人也围拢过来竖起耳朵。

"大约是在半年前吧,我曾让一只大黄蜂搭船。"

"大黄蜂?"回来伺候的宇为子惊讶地复述。

"是的。就是那种身上有黄黑相间的条纹、体形巨大的黄蜂。起先,在饮水处发现黄蜂的水手在吃惊之下本想杀了它,却被它灵活地逃到海上。之后,它又飞回来好像想上船,于是大家都想扑杀它。我听到骚动过去一看，只见黄蜂飞来飞去就是不肯离船，简直像是想搭船上哪去似的。我就试探着发话了：'若你能保证不蜇人，我就让你搭船。如果你同意，就画个圆圈飞给我看。'结果，不可思议的是，它居然真的绕着圆圈一再飞行。大家都惊讶地说，它真的听得懂人话，于是就请它上船，把它当成航海的守护神。"

"后来那只黄蜂怎样了？"

"是，它在船上很安静，不曾打扰过我们。它一直待在船舱，好像靠着捕食船上的小虫为生，顶多偶尔飞来水缸边喝缸中溢出的清水。"

"收它船钱了吗？"某人插科打诨道，众人都笑了。

"我们的船，不经过天吕美，预定直接航向奈针波岛。一抵达奈针波，黄蜂就下了船，仿佛要道谢般，再度频频画出圆圈向我们道别。"

"天底下还真是什么怪事都有。"

听到八岐那彦这么咕哝，舵手点头同意。

"怪事还不只这一桩。后来我听说，在刚才那个老人家提到的大巫女居住的海蛇岛上，有人被大黄蜂蜇死了。而且，正好就发生在我们让大黄蜂下船之后。"

"那应该是巧合吧。"

八岐那彦一脸诧异地说，舵手摇头。

"不，我看应该不是，八岐那彦大人。因为海蛇岛本来是没有黄蜂的。就像刚才聊天也提到的，有些岛上有毒蛇，有些岛没有，每个岛的个性泾渭分明。在海蛇岛上，自古以来从未出现过黄蜂。在这种情况下，只能推断，是我们船上搭载的那只黄蜂，一路飞去了海蛇岛。"

"那么，去那座岛就是那只黄蜂的目的吗？"

舵手侧过脑袋。

"这个嘛，我就不知道了。不过，我的船曾从大和载了一只黄蜂是千真万确的事。"

"大黄蜂据说一天可以飞行将近三十里，所以一定是飞到海蛇岛去了吧。"

说这句话的，是刚才谈到海蛇岛的老水手。

"果真是无奇不有。"

八岐那彦想象着飞在海上的黄蜂，一边说道。

"的确。"舵手也频频点头。

最后，明月西斜，酒宴告终。心情大好多喝了几杯的八岐那彦，任由宇为子搀扶着手，踉跄走向设在船舱的卧榻。气多丸的笼子，早已被宇为子罩上黑布。

"八岐那彦大人，您手上的伤不痛吗？"

宇为子担心地问。八岐那彦凝视手上缠裹的白布。血早已止住。等到明天，这个伤应该就会消失吧。不死之身的八岐那彦，即便流血也只是瞬间，不会留下伤痕。

"不要紧。"八岐那彦说着，把手藏到背后不让宇为子看到手伤，"倒是宇为子，听说明天就会抵达天吕美了。能够顺风而行真是太好了。"

"您说得是。"

宇为子的话很少。八岐那彦想起宇为子打从酒宴途中便郁郁寡言，不禁有点好奇。

"宇为子，你是不是有事瞒着我？"

八岐那彦质问宇为子。但是宇为子倔强地摇头。

"什么事也没有。是八岐那彦大人多心了。"

"没事就好。"

八岐那彦凝视宇为子的丹凤眼。宇为子是孤儿，十二岁那年被八岐那彦收留，成为侍从。七年后的今天，宇为子的个子蹿高，已和八岐那彦相差无几。肩膀也变得很宽，四肢有了肌肉，嗓音变粗，渐渐像个成年男子了。但宇为子在这七年来，可曾发觉八岐那彦的外貌毫无变化？

想到宇为子迟早会起疑心，到时离别的日子也不远了，八岐那彦的心头便有尖锐的悲伤来去盘旋。那是他成为凡人将近千年，从未感受过的悲伤。妻子、儿女、侍从与饲鹰，大家都会比他先死，而新人会一个接一个地陪伴自己活下去。并且，唯有自己留在人世，不断繁衍新的子孙。这是何等空虚。八岐那彦忽然对自己有点毛骨悚然，他就着烛台的幽微光线凝视自己的手指。

"大人您怎么了？"

"宇为子，我老了吗？"

八岐那彦问年轻的侍从。

"没有，八岐那彦大人现在甚至比我头一次看见您时还要年轻。您一点也没变。眼光锐利，胸肌隆起，气概不仅未见衰退，反而越发轩昂。可说是男人中的男人，是人中龙凤。"

宇为子不胜感怀地说完后，大概觉得自己夸得过火了，有点羞赧地垂下眼。含羞带怯，也是宇为子的魅力所在。

3

翌日，也是个万里无云的好天气。葱郁栲树覆盖、一片绿意的天吕美岛已近在眼前。平安结束航海的船，等到涨潮便驶入天吕美岛的海口深处。从整片浅平的海滩直到外海的栈桥，都是用白色石灰岩堆砌而成的。蓝天，清澄可见水底白沙的碧海，绿意盎然的岛，白色栈桥。真砂姬是否会来到这美丽的港口迎接他呢？八岐那彦凝目细看。但是，不见真砂姬的人影，只有一个光着脚踝、身穿白色短衣的男人，表情虚脱地伫立。

不意间，航行途中见到的草舟不知怎的又在脑海浮现，八岐那彦陷入一种不祥的预感。等不及船完全停妥，八岐那彦直接从船沿跳上栈桥。船边，舵手和水手们纷纷目送着他，但是看到白衣男子来迎接，众人全都表情一僵。因为白色短衣，是代表丧家的服装。

"八岐那彦大人，您可来了。"

在栈桥等待八岐那彦的，是真砂姬的父亲，天吕美的岛长。见他皱紧眉头，面孔因悲伤而憔悴，八岐那彦当下感到大事不妙。

"出什么事了吗？"

"请您别惊讶。七天前，真砂过世了。"

八岐那彦难以置信地呆立原地。宇为子发出嘶哑难辨的大叫，逼近岛长。

"岛长大人，这是真的吗？"

岛长或许是无从答起，只是一脸惆怅。八岐那彦斥责宇为子的无礼，向岛长问道：

"是死于难产吗？"

岛长缓缓摇头。

"不，生产过程倒是很平安。婴儿现在由我的妻子照顾。"

"那么，她怎么会过世？是罹患流行病？"

"不知道，"说着，岛长脸色一暗，"真的很突然，也不像是生病。真砂临死前的最后一句话是：冷水泼到脸上。"

"冷水？"

这未免古怪。八岐那彦不明白到底发生了何事，思绪混乱。

"真砂分娩，是三周前的事。她是顺产，产后也恢复得很好，眼看八岐那彦大人即将来访，真砂也正翘首企盼呢。可是，就在七天前，她给婴儿喂奶时，忽然开始痛苦挣扎。她当场倒下，紧接着就嚷嚷有水泼到脸上、好冷，就这么猝然断了气。真的太突然了，简直像是在做噩梦。每个人都还回不过神，处于手足无措的状态。"

"那么健康的女孩竟然毫无前兆地猝死，这太不真实了。"

八岐那彦慨叹。这时，宇为子泪流满面，在他耳畔啜嚅。

"八岐那彦大人，在我们的周遭，到底出了什么问题？"

"宇为子，你这话是什么意思？"

宇为子咬着唇，似乎难以启齿。八岐那彦本想详细追问宇为子，岛长却在这时发话了：

"来吧，八岐那彦大人，请您去见见真砂生下的孩子。"

在岛长带路下，八岐那彦走上铺满碎贝壳的白色道路。位于山丘上的高架式房屋里，同样一身白衣的真砂姬之母，抱着小宝宝正在等候。

"这是真砂留下的孩子。"

做母亲的一边哭泣,一边将婴儿递给八岐那彦。这是自己生的第几万名,不,第几十万名孩子。八岐那彦把孩子举高凑近细看,但他并无特别感慨。他暗忖,幸好不是这个婴儿害死了真砂姬。

"给孩子取了什么名字?"

"真砂亲自替孩子取名为珊瑚。"

珊瑚姬。如今,珊瑚的白骨与真砂的死亡重叠。这个名字多么不祥啊。八岐那彦凝视睡在自己怀中的婴儿。他心想,这种孩子我根本不需要,把活生生的真砂姬还给我!当他情不自禁地落泪时,岛长拉起八岐那彦的手说:

"八岐那彦大人,您能不能去看看真砂?"

"可以见她吗?"

"是的。虽然已成为冰冷的尸骸,但是若能见到您,我女儿在另一个世界想必也会欢喜。"

八岐那彦的心中,有个声音警告他别去。但是,分别了整整一年,想再见思念不已的真砂姬一面的念头也很强烈。

八岐那彦在岛长的带领下,前往位于岛上北边的墓地。在天吕美,据说是将坟墓设在面海的断崖凿穿的洞中。宇为子一脸忧心,紧随在数步之后。苍鹰气多丸的喂饵架,改由宇为子佩戴,任它站在他的左臂上。

"依我们岛上的风俗,会将尸体曝晒风雨中任肉身腐坏,几年后再用海水洗骨。据说届时,魂魄才能飞到空中,前往大海彼方的神之国度。"

岛长一路走下水莞花丛生、岩石垒垒的海岸,然后开始攀登黑色山崖。八岐那彦和宇为子也随后跟上。山崖的中段,有许多被海浪凿出的巨大横穴。朝着岛长招手的方向继续攀爬,四周已弥漫强烈的臭味。那大概是真砂姬的尸臭吧。八岐那彦有点踌躇。但是,岛长并未察觉八岐那彦的迟疑,他拼命招手,仿佛认定八岐那彦既然是她的丈夫,理当如此。

"真砂就在这里面。"

崭新的棺木,停在洞穴最前方,任由风雨曝晒——正如岛长所言,打从一开始就没有棺盖。岛长站在棺旁,催促八岐那彦往棺内看。八岐那彦受不了尸臭,左手掩鼻,不甘不愿地探头窥视棺内。

躺在棺内的,的确是真砂姬。秀丽的额头上,放着避邪除魔的方形贝符,双眼紧闭。只是,脸上的皮肉凹陷,相貌较之前判若两人。交叠的双手已泛黑,开始腐烂。

"真砂。"

八岐那彦好不容易才喊出妻子的名字。然而,躺在棺中的尸体,怎么想也不像是那美貌令人不敢逼视的真砂姬。想到自己曾抱过这具腐烂变形的尸身主人,他甚至为之惊恐战栗。八岐那彦想起久远之前的某件往事，萌起一阵恐慌。

那是八岐那彦还是男神伊邪那岐时的妻子，死去的伊邪那美神。即便知道妻子已死还是渴望见上一面，于是伊邪那岐一路追到了黄泉国。之后，虽被警告过"不能看"，伊邪那岐还是犯了戒。他终于耐不住性子，见到伊邪那美腐烂的尸骸。那个物体曾经是妻子，却已不是妻子。

躺在这副棺木中的，也曾是年轻貌美的女子，现在却只是一具开始腐烂的尸体。那具尸骸曾经是妻子，却已不是妻子。厌恶死亡的自己，为何总是被迫面对死亡的可怕面貌？

"八岐那彦大人，您不要紧吧？"

气多丸的拍翅声传来。宇为子坚强地从背后支撑住摇摇欲坠的八岐那彦。八岐那彦冒着冷汗，犹在俯视妻子开始腐烂的尸身。当着岛长的面，又不能逃走。这时，他发现他送的绿玉掉落在遗骸旁。绳子已经断了。八岐那彦捡起来，对岛长说：

"当初我替她挂在脖子上，现在绳子却断了。"

"真的，抬来这里时，绳子明明还没断。"

绳子就像是被谁硬生生扯断的，在八岐那彦看来这是凶兆。

"那么，就把这块玉当成真砂的遗物，留给珊瑚吧。"

一旦死去便万事皆休。所以，东西不该给死者，应该给生者。虽然自认像平时一样冷静客观，但是想起当初馈赠绿玉时，真砂姬那灿烂明媚的笑容，八岐那彦还是不免悲痛万分。

"承蒙您这么说，生下珊瑚的真砂应该也会很高兴。"

"因此，把这个给真砂吧。对我来说这比生命更宝贵。"

八岐那彦取下自己套在右臂上的贝环，放在真砂姬遗体的胸前。当初这是真砂姬蕴含着但愿化为贝环紧紧相随的爱意，特地为八岐那彦而做的，如今将贝环归还，或许是希望从真砂姬的遗骸中找回自由。

岛长犹在依依不舍地凝视真砂姬之际，八岐那彦已缓缓后退，然后飞也似的冲下山崖远离洞穴。

岛长大概以为，八岐那彦是悲伤过度才会举止失常吧。然而，袭击八岐那彦的是恐惧。死亡是不洁的。看到不洁之物的自己，必须立刻找个地方净身，他迫切地想。以前去黄泉国迎接伊邪那美时，同样曾在恐惧驱使下逃过黑暗的甬道。彼时，从背后追来的，表面上看来是一群军队和形如恶鬼的女人，但是其实也许是自己的恐惧。

"八岐那彦大人，您真有如此痛心吗？"

随后追上的岛长满怀同情，对脸色惨白的八岐那彦说。八岐那彦不发一语地点点头。他现在顾不得其他，只想尽快净身除秽。

"有水井吗？"

"在这边。安葬死者的洞穴旁，不知为何一定会有涌出清水的泉源。"

在岛长带路下来到小泉水边的八岐那彦，解开手上缠裹的白布，二话不说就先洗双手。接着，再清洗双眼，脱下白绢衣裳全身赤裸后，他命令宇为子：

"替我浇水净身。"

"可是这里没工具。"

"用手就行了。"

"我知道了。"

宇为子把气多丸系在榕树错综纠缠的枝条上，用双手掬起泉水，一处也不遗漏地浇遍八岐那彦壮硕的身体。八岐那彦正在闭目回想。他在想当初于日向阿波岐原浸泡河水中净身的往事。回过神才发现自己哭了。

"您怎么了？"

宇为子担心地四下惶恐张望，但八岐那彦跪在地上哭个不停。他想起了草舟。想起曾是伊邪那岐神的自己，当年与伊邪那美神交媾生下的第一个孩子，是无骨的蛭子。那个孩子，被他们夫妻俩放在草舟上随波逐流。身为天神的他们率先做出的事，被凡人加以模仿。可是，现在化身为凡人的自己看了，却挥不去不祥的预感，这样算什么呢？到底是哪里错了？是谁在哪做错了？

太阳已将沉落西方大海。一旁,宇为子仍然默默跪着,陪他一起流泪。岛长不见踪影。

"岛长到哪去了?"

"大概是了解八岐那彦大人的悲痛极深,所以刻意回避吧。他先回去了。"

那就好,八岐那彦咕哝着穿上衣服。这时他发觉宇为子正满脸惊奇地盯着他的右手。宇为子是在惊奇,手背上本来被气多丸抓伤的伤痕竟已消失。八岐那彦慌忙藏起右手,但宇为子趴伏在地,浑身哆嗦地问道:

"八岐那彦大人,请问您究竟是什么身份?"

"我不像这世上的人?"

宇为子依旧伏身不动。

"小的不知道。只是,像您这么出色的人物,我从来没遇见过。想必您的地位一定是超越凡人智慧吧。"

"我可怕吗?看起来像妖怪?"

八岐那彦这个问题,宇为子半晌都答不出来,最后勉强挤出一句"不,您不可怕,只是——"又再度噤口。

"只是什么?"

八岐那彦又问,宇为子只好回答:

"只是,想到您跟小的不是同样的凡人,小的甚感遗憾。因为,会觉得像八岐那彦大人如此优秀的人物,果然不是凡间找得到的。"

"那么，宇为子，我问你，刚才看到真砂姬的遗骸，你有什么感想？"

宇为子依旧不敢抬眼，他答道：

"小的只觉得非常难过。难过的是，即便是生前美丽不可方物的真砂姬，一旦死了也跟动物的尸体一样会腐烂。不过，我如果死了肯定也一样，所以我想这是凡人不可避免的宿命。正因如此，能够活着，光是这样就已很美好了。"

原来如此。逃不过死亡宿命的凡人，原来是这么想的啊。八岐那彦深有所感。那么身为天神的伊邪那美死去又是怎么一回事呢？他忽然在事隔多年后想起死去的伊邪那美。

好像开始退潮了。海水的气味变浓。崖上的洞穴，大概也会吹进强烈的海风，把真砂姬尸身的腐臭吹得远远的吧。八岐那彦心情稍有好转，问宇为子：

"宇为子，你是不是有什么心事？你好几次都对着我欲言又止。我不会生气，你说说看，没关系。"

宇为子仰起晒得黝黑的年轻脸庞，终于正面直视八岐那彦的双眼。

"那么，我就说了。八岐那彦大人有许多妻子。我一直随侍在您身旁，看着您娶各地的美女为妻。看到您简直像执行使命般逐一搭讪，我渐渐明白这是八岐那彦大人的工作。可是，最近我发现一件可怕的事。"

"什么事？"

八岐那彦望着宇为子瑟缩的脸，是自己不会变老的事吗？抑或，是自己即便受伤也会立刻复原的事？不管是哪桩，不老不死，在不断变化的肉身凡人看来，肯定会毛骨悚然。八岐那彦做好心理准备，但宇为子的回答却出乎他的意料。

"替八岐那彦大人生子的夫人们，多半突然猝死。八岐那彦大人同一个地方向来不会去两次，所以您可能没发现，但我已多次耳闻。比方说，阿波的久吕姬夫人，毛受野的雁羽姬夫人，另外还有很多，我听说，她们全是生下八岐那彦大人的孩子后过世的。这到底是什么原因呢？"

由于压根没想到会是这个问题，八岐那彦一时之间也答不上来。

"我头一次听说。"最后他只能勉强挤出这句话，"久吕姬和雁羽姬都死了吗？"

宇为子抬起看似聪颖的双眼。

"是的，听说是很不幸地突然猝死。因此，之前我就一直在担心，真砂姬夫人是否平安无事。"

"原来如此。我还以为你满怀心事，是因为特别喜欢真砂姬。因为真砂是个出色的女人。"

"是的，夫人的确出色。"宇为子颔首，"我是很担心，但我以为，应该不至于连真砂姬夫人也遭到那种下场，因为真砂姬夫人住的地方远离大和。可是，现在连真砂姬夫人都过世了，我认为一定有某种东西在八岐那彦大人身后紧追不舍。一想到那会是什么，我就怕得要命。"

"宇为子你认为那是什么？"

夕阳即将消失，西边的大海在一瞬间闪耀着绯红光芒。明知在夜幕低垂前最好尽快赶回村落，双脚却动弹不得。宇为子迟疑半晌还是脱口而出：

"八岐那彦大人，您该不会是与人结了怨吧？"

"啊，原来如此。也许是吧。"

八岐那彦在白色岩石上坐下，叹了口气。他想到的，是与伊邪那美诀别之际说过的话。

"心爱的伊邪那岐，你对待我是何等残酷啊，把我关起来，甚至还宣称要离缘，那我也有我的对策。从今以后，我会每天扼杀一千个你的子民。"

对于伊邪那美这句话，伊邪那岐的答复是：

"亲爱的伊邪那美啊，如果你这么坚持，那我会每天建造一千五百座产房。换言之，每天将有一千五百个新生命诞生。"

终于逃离伊邪那美的伊邪那岐，在净身之后产下天照大神等诸多神祇，成为凡人八岐那彦，游历大和各地，让许多女人替他生子。妻子的死，若是伊邪那美的怨恨造成的，到头来，这表示最强的还是死亡。因为，八岐那彦不想再让妻子枉送性命。

八岐那彦感到莫大的悲哀。

"宇为子，已经无法挽回了。今后，我必须接受自己不断追求女人令其产子、然后害死那些女人的命运。一旦我爱上女人，她的死将会令我痛苦。所以，我也不能去爱。但是，我的使命就是繁衍子嗣。"

对八岐那彦来说，除了接受命运别无他法。

"这是怎么回事？能否告诉我原委？我服侍八岐那彦大人这些年，多少也有点成长。对我而言，八岐那彦大人就像父母，不，就像天神。打从十二岁那年遇到八岐那彦大人，我就拜倒在您伟大的灵魂之下，一心只盼能稍微亲近您，就这么活到现在。八岐那彦大人的痛苦悲伤我全都想理解、分担。以您的行事作风，无论是再怎么残忍、超乎凡人常识、不可思议的怪事，我都能接受。"

宇为子说着，仿佛吓得发抖般微微晃动身体。这时，雷声响起，下雨了。这场雨，想必也会落进真砂姬的棺木，洗去她的皮肉吧。八岐那彦任由浑身淋湿，一边仰望早已遥远得只能看见崖上有黑洞凿穿的停尸洞穴。

"拜托,请告诉我。求求您!"

宇为子用不逊于雷鸣的声音嘶吼。

八岐那彦看着宇为子。

"好吧,我说。你可别惊讶。"

"我绝对不会惊讶。"

宇为子咬紧牙根。

4

豪雨停了,四下笼罩着清新如洗的空气,非常凉爽。夜空澄净,黄色的月亮看起来分外明亮。把自己曾经身为伊邪那岐神、与伊邪那美之间发生争执的过往种种全都告诉宇为子后,八岐那彦空虚地坐在岩石上,眺望月亮。宇为子还趴伏在沙地上动也不动。自从听到八岐那彦与伊邪那美诀别时说的话后,宇为子似乎大受冲击,一直没吭声。终于,宇为子抬起被泪水濡湿的脸。

"八岐那彦大人,那么您是说,是伊邪那美大人从黄泉国扣杀了伊邪那岐大人的妻子们吗?"

"不知道。"

"如果真是如此,那根本无从阻止。"

"你说得没错,宇为子。"

"这太可怕了。"

八岐那彦再次转头仰望崖上的洞穴。在月光照耀下,好像隐约可见真砂姬的白棺一角。心爱的女人,将在岩穴中渐渐腐朽湮灭。那种孤独,令人感到撕裂身体般的悲痛。对方一旦死去,纵使岁月累积也无法复生。如果死者是孤独的,那么生者也同样孤独。然而,伊邪那美死去时,当时身为天神的自己,可曾想得这么深远透彻?八岐那彦终于醒悟,他对死者冷漠无情的理由,其实是因为自己长生不老因此畏惧死亡的不洁。或者,反过来说正因过于畏惧死亡的不洁,所以才祈求长生不老。除非自己的生命有限,否则恐怕永远无法真心爱上一个女人,也无法和宇为子一起活下去吧。

"我和伊邪那美,都被彼此说出的话束缚,无法得到自由。"

八岐那彦突然起身,粗鲁地把湿衣随手一扔。难道不能就这么自地上消失吗?他裸着身子拔腿就跑,从粗粝嶙峋的岩岸上,纵身越入数十尺下方的大海。可是,八岐那彦甚至无法让头盖骨撞上岩块,只是抓到海底细沙,喝了几口死咸的海水,身体立刻浮上海面。八岐那彦好一阵子就这么呆呆泡在海中。可是,身体却自动浮起。死亡,是他永远办不到的事。

"八岐那彦大人!八岐那彦大人!"宇为子忧心地自岩岸边探出身子,一再呼唤他,"您怎么了?"

八岐那彦将手高举过肩,划破水面游回宇为子身边。

"我不会有事的。"他回答着自海中上岸,任由全身滴着冰冷的水滴,爬上岩石。

宇为子气喘吁吁地跑过来。

"您突然跳进海中,吓了我一跳。"

"你看到了吗?宇为子,我不管怎么做都死不了。很久以前,我曾不慎自崖上跌落,造成四肢断裂,头盖骨粉碎,但是,翌日就复原了。我也曾被卷入战乱,胸口中箭。那时本来也死了,可是翌日伤口自动愈合,我又活过来了。"

"换言之,八岐那彦大人,纵使我老了、死了,您也会一直保持这副容颜是吗?"

"是的。很诡异吧?"

听到八岐那彦这么问,宇为子缓缓摇头。

"不会,我压根不觉得诡异。您实在太可怜了。人们总说渴望长生不老,但我认为,长生不老其实非常孤独。我可无法忍受。"

宇为子的话,令八岐那彦深深颔首。不愧是宇为子,他觉得聪颖的宇为子很可爱,但是让年纪尚轻的侍从苦恼,并非八岐那彦的本意。不过,宇为子倒是一本正经地说:

"八岐那彦大人打算怎么做?我宇为子就算豁出这条命,也要助您一臂之力。就请您说出心愿吧。"

"我想死。只要我一天不死，伊邪那美的怨气大概就不会消，所以我永远会害死妻子。你杀了我好吗？"

八岐那彦叹息着回答，宇为子当下泪流满面。

"好吧。离别虽然痛苦，但若是您坚持，那我就杀了您。不过，该怎么做才能夺走八岐那彦大人的性命呢？只要您肯教我方法，我一定——"

八岐那彦伸出右手给宇为子看。

"你看，我这只手。昨天才刚被气多丸的钩爪刮出很深的口子，今天却已毫无痕迹。就算你拿刀刺穿我、拿石头砸烂我，明天肯定又会恢复原本的八岐那彦。"

"即便如此，您还是想死吗？"

宇为子的眼中映着月光，闪着锐利的蓝光。

"没错。"八岐那彦回答，苦恼地双手抱头。

"可是，我毫无办法。"

"那么，我想请问八岐那彦大人，您曾经杀过人吗？"

八岐那彦摇头。

"如果是动物，每天早晚，我杀过的数量倒是多得数不清，可是我从未杀过人。打从伊邪那岐的时代，我就是个与女人交媾、创造国土、创造诸神、繁衍子孙的男人。我与死亡无缘。正因如此，才不得不与死后前往黄泉国的伊邪那美分手。"

"那么，您要不要试着杀我？"

宇为子的荒谬提议，令八岐那彦大吃一惊。

"杀了你又能怎样？"

"说不定会发生什么效用。"宇为子嘴上这么说，但是看起来也没什么把握，"我想应该值得一试。"

"你一个人死掉也没用。"

"可是，照您的说法，伊邪那美大人负责杀人，伊邪那岐大人负责生育，二者的使命划分得很清楚。您不如干脆来个反其道而行，说不定会有什么改变。"

宇为子振振有词。

"那么，我看这么办吧。你杀我，我也杀你。试试看我俩同时死掉会发生什么事。若真能死成倒也可喜可贺。"

话才刚说完，八岐那彦终究还是不免浑身一抖。自己起死回生、宇为子却一命呜呼的概率显然较高。

"就这么办吧。我已有心理准备。为了大人，纵使牺牲生命也在所不惜。想必，那位真砂姬夫人，如果知道她的死是您造成的，也会感到满足吧。那就是爱。您自己昨天不也对宇为子说过，您喜爱真砂姬夫人痴情专一的灵魂吗？"

宇为子用一点也不像十九岁的成熟口吻劝说八岐那彦。的确，如果杀死自己看重的人，并且，被自己看重的人杀死，说不定真的死得成。八岐那彦拔出腰上的长剑。宇为子也哆嗦着拔出自己的剑。系在榕树上的气多丸大概是察觉到异样,开始尖声啼鸣。

"八岐那彦大人,这些年来谢谢您。"

宇为子含泪说出最后的谢词时,乌云开始覆盖月亮。

"如果死得成,我们就在黄泉国相会吧。"

八岐那彦也向宇为子道别后,朝他比个手势。

"来吧,刺我。"

说着,他将长剑深深刺向宇为子的脖子,同时,也感到自己的脖子被硬物用力刺中,但他还不及感到疼痛,就已被溢出的鲜血塞住气管断了气。

不知过了多久,八岐那彦在黑暗中醒来。他听见潮声,以及在天空上方呼啸的风声。八岐那彦吐出口中的沙子,翻身坐起。他就像喝得烂醉如泥一样,什么都忘个精光,只觉得头好痛。醒来的滋味很糟。

一旁,只见白衣男人被割破喉咙倒卧在地。男人的身躯壮硕,角发上插着玉饰。流出的血被沙地吸收,使得男人身边的沙子发黑。

"宇为子,你终究还是死了吗?"

二人互砍的记忆如奔流在脑海复苏,八岐那彦跑过去想抱起宇为子。果然只有自己活下来了,这股绝望浸染心头。但是,八岐那彦旋即惊愕止步。倒卧不起的,是八岐那彦。

不，是顶着八岐那彦外貌的人，大量出血而死。那么，自己又是谁？八岐那彦试着抚摸喉头，但是并无伤痕。他再看看双手。这是一双骨节不明显的年轻的手。难道说，自己是宇为子？如果是宇为子，左手上臂应该有颗黑痣。他发狂般扯下衣服，在月光下仔细审视手臂，果然有黑痣。如此说来，二人互砍后，结果八岐那彦的身体死了，宇为子的心也死了，自己就变成了宇为子的模样吗？杀死宇为子的"心"的八岐那彦，当下号啕大哭。但是，他倏然回神自言自语：

"不，没等到明天，还不确定会怎样。"

说不定按照惯例，八岐那彦又会起死回生。或者，宇为子的身体变得长生不老也不一定。抱着姑且一试的念头，八岐那彦想弄伤宇为子的身体，他捡起地上的剑，用剑尖划过左掌。他忍着痛，默默看着鲜血喷出。或许明天伤痕就不见了，但是现在血流不止。

天亮了。自己好像流着血，就这么不知不觉睡着了。八岐那彦被气多丸激动的叫声吵醒后，立刻先去检视自己的尸身。躺在地上的八岐那彦依然气绝。兀然张开的双眼溅上血滴，现在早已干涸。还有，自己划破的掌伤不仅没复原，甚且还在继续流血。

八岐那彦发出模糊难辨的叫声。自己已变成顶着宇为子外貌的十九岁男孩，今后生命将是有限的。失去忠心贤明的侍从时，也正是他成为真正凡人的瞬间。但是，其实也许只是因为杀了宇为子年轻的心，使得原来身为上古天神的自己，夺走了宇为子年轻的肉体罢了。毕竟，作为杀戮凡人的代价，或许这次他真的不配再当神了。因为自己原本是只负责"生产"的神。

"今后我要以宇为子的身份活下去。"

一旦这么下定决心，宇为子的温柔善良与青春活力好像充满体内。这是前所未有的感觉。

"去吧，你的主人已经死了。你想去哪都行。"

他解开系着气多丸的链子，把它往空中一放。气多丸激烈鸣叫，绕着八岐那彦的尸体来回盘旋。最后，刚看它不知飞到哪去了，下一秒已用利爪抓着大蛇回来。然后，它瞄准宇为子把蛇扔下。那是天吕美岛上数量很多的剧毒之蛇。气多丸大概以为是宇为子杀了主人八岐那彦，所以正在报仇吧。他一刀砍断毒蛇，朝气多丸大喊：

"气多丸，八岐那彦已经死了！快去通知你那些鸟朋友！"

好一阵子，苍鹰就这么边叫边在空中盘旋。他的掌伤隐隐作痛，原来是毒蛇细小的毒牙刺进伤口。他慌忙拔除，但蛇毒似乎已从伤口侵入。左手忽然开始红肿，变得沉重，他不由得屈膝跪倒。于是，苍鹰似乎这才安心，渐去渐远。他倒在海滩上，一边还在为苍鹰认定自己是八岐那彦的仇人，对变成宇为子的自己的报复之举露出苦笑。

"宇为子小哥，你怎么了？"

悲鸣传来。原来是岛长见主仆二人到了早上仍未归来，担心之下带人赶来迎接。岛长看到八岐那彦的尸体，当下悚然呆立。

"八岐那彦大人怎么会死？"

"宇为子"虽然即将昏厥，还是努力告诉岛长：

"八岐那彦大人在过度悲伤下，自寻短见。我虽曾阻止，但大人死意坚决，还是自杀了。"

宇为子从那天开始发高烧，整整两周以上的时间都昏迷不醒，徘徊在生死边缘。在宇为子缠绵病榻期间，举行了八岐那彦的丧礼，遗体被安置在真砂姬的旁边。八岐那彦和真砂姬想必会相伴着一同腐朽，二人的肉体在数年后被海水洗涤，魂魄终于得以前往大海彼端的神之国度吧。

5

两个月后，终于可以下床的宇为子，去八岐那彦与真砂姬的墓地吊祭。然后，他望着曾经属于自己的八岐那彦遗体，沉浸在奇妙的感慨中。

"发出尸臭的你是谁？是伊邪那岐，还是八岐那彦的臭皮囊？或者，是宇为子的心？不，不可能是宇为子的心。因为，心在我这具身体里。如此说来，人的肉体皆是虚无的，只有心能留下来吗？"

有着八岐那彦外貌的尸体和真砂姬一样，在宽阔的额前放着驱邪除魔的贝符，凹陷的眼窝曝晒在煌煌白日下。

"我如果死了肯定也一样，所以我想这是凡人不可避免的宿命。正因如此，光是能够活着，就已很美好了。"

这是那时宇为子看着真砂姬遗体说过的话。有生以来头一次拥有渺小平凡的肉体，令他战栗，那种脆弱几乎令他落泪。曾经对伊邪那美及真砂姬的腐尸敬而远之、厌惧交加的自己，是多么软弱又欠缺考虑啊。

"曾经承载八岐那彦灵魂的肉体啊，我决定伴随宇为子的灵魂踏上旅程。此生想必再无重逢之日。你就在空中消散，融于大地吧。"

他对着尸体如此呼喊，把八岐那彦的长剑和弓箭放进棺中便离开墓地。他打算离开天吕美岛。

"宇为子小哥，你要去哪里？"

依旧穿着白色丧服的岛长，询问准备启程的宇为子。在天吕美岛服丧，会持续到洗骨那天。还有整整两年的时间，都得穿着白色丧服。宇为子看着岛长在白衣映衬下显得格外黝黑的面孔。

"八岐那彦大人也过世了,所以事到如今,我也不想再回大和。既然如此,我打算索性去陌生的南岛见识一下。幸好有认识的舵手在,我想拜托他收留我当水手。"

岛长满脸惊讶,拼命挽留他。

"宇为子小哥,你又何必非去当什么水手不可。你是担任过八岐那彦大人侍从的贵人,不用吃那种苦,只要留在天吕美就行了。天吕美也有很多年轻姑娘。我会帮你挑选,你就留在这里成家立业吧。"

"你的手不方便还要去当水手,太可怜了。"

说着掉下眼泪的,是真砂姬的母亲。

宇为子失去了左掌。因为当时岛长判断,蛇毒一旦扩散,左手离心脏很近,所以当下砍断了他的手掌。主人八岐那彦自杀身亡、自己也失去左掌的宇为子,令岛民深深同情。

然而,对宇为子来说,有没有左掌都无所谓。因为自己少了左掌的肉体,正显示出生命有限。今后倘若受伤生病,不仅不会立刻复原,还会日日产生变化,八岐那彦变成"宇为子"后,终于得到了这种凡人的肉体。现在栖息在宇为子肉体深处的八岐那彦,决心充实度过每一天,直到生命结束。不知不觉中,他已彻底取代宇为子,开始享受十九岁的青春生命了。

运贝船的舵手，对八岐那彦的年轻侍从印象深刻。宇为子一表明想当水手，他二话不说就答应了。宇为子用牙齿解开缆绳，张起船帆，用单手划桨，总算还能应付船上的工作。并且，他希望自己有一天能从水手变成舵手。

宇为子搭的船终于来到海蛇岛，是在八岐那彦死亡一年后的满月之夜。小岛的白色崖壁在月光下发出暗淡光芒，左边是一片长长的白色沙滩。船明早才要入港，所以水手们都在懒散休息。

可是，宇为子却在船舱底下对抗疼痛。说来不可思议，失去左掌，有时会感到剧烈的疼痛。这种疼痛的幻觉，甚至令他的额头冒冷汗，可是这样痛上一天后，翌日就会不药而愈。只要心里还留着疼痛的记忆便不可能痊愈——这么告诉他的，是以前曾经提及海蛇岛巫女的那个老水手。宇为子还是八岐那彦时，疼痛只有瞬间，因此现在每当与疼痛的幻觉对抗时便会感到人体的奇妙。不，奇妙的不如说是心，宇为子望着手掌被切除的左臂暗忖。

甲板上响起叫声。宇为子冲上梯子一探究竟，只见水手们七嘴八舌地指着海面叫嚷。他们是在说"好像有人从崖上跳进海里了"。舵手大声下令把船靠过去。由于风平浪静，水手们划桨前进。

宇为子从船边探出身子，放眼眺望被满月照亮的海面，但是什么也没看见。平静的海上，仿佛滴了油一样映着晶亮的月光。船很快就来到白色石灰岩嶙峋的山崖边。从下方往上看，山崖颇高。若自崖上坠落，纵使泳技再怎么好，恐怕也不可能获救。

水手们借着月光凝目细看海面。当水手是赌命的工作，因此特别重视他人性命。万一真的有人落海，就算自己的生命有危险，大家也会互相帮助。

"没有浮起来显然不对劲。"老水手侧首不解，"就算最后还是会沉下去，依照人体的构造至少也会先浮起。"

"这是怎么回事？"

宇为子这么一问，老水手说：

"大概是抱着石头投水自杀吧。"

若是当事人自己寻短，被救起来恐怕也不乐意吧，船上顿时弥漫着这种惆怅气氛。

"我曾听说，海蛇岛由于生活穷困，不得不削减人口。该不会是出了什么问题吧？"

老水手蹙起白眉说。

"浮起来了！"有人喊道。攀上桅杆顶端瞭望台的人，指向彼方。只见不远处的海面上，兀然漂浮着白衣。尸体仰面向上。

"是女的。"

老水手咕哝。

宇为子一听是女的，当下就觉得不祥。

"你怎么知道是女的？"

"男人溺死的尸体都是脸朝下浮起的，只有女的才会脸朝上浮起。"

某个水手答道。这好像是水手的常识。

女人是从那高崖上跳入海中的吗？船上一阵骚动，一方面是惋惜，另一方面大概也好奇，会有那种勇气的女人是什么模样吧。

老水手与宇为子从船边放下可容二人的小舟坐上去。老水手操桨靠近尸体，宇为子拿有钩的棒子把尸体拖过来。那是个长发及腰、相貌华美的女子，五官非常秀丽，雪白的脸上毫无瑕疵。而且，双唇微启，仿佛在嫣然微笑。她的双脚脚踝本来绑着绳子，现在已经断了。想必是在绳上绑着石头，再抱着石头跳海自杀，结果在强烈冲击下扯断了绳子吧。

"这不是加美空大巫女吗？"

老水手大叫。宇为子惊愕地看着女人的脸。他记得加美空这个名字。因为老水手说过，那是美貌足以与真砂姬匹敌、多岛海首屈一指的美女。的确，她的美貌世间罕有，而且颇具威严，身材也很健美。可惜，她早已断了气。

"怎么会发生这种令大巫女自寻短见的憾事呢？一定是

非同小可的问题。真可怜。"

老水手看着加美空的脸无力地说。宇为子的幻肢痛曾几何时已经消失了,但是想到眼前或许正有和天吕美不同的灾厄在等着,他满怀不安地仰望黑暗中的岛影。

加美空的遗体被船上备用的船帆整个覆盖,放在甲板上等到天亮再说。宇为子和老水手心里七上八下地陪在尸体旁边。号称多岛海最美丽的两大美女,在这一年来相继身亡,这是不祥之兆。难道加美空也是伊邪那美复仇行动下的牺牲品吗?但是,他想不透伊邪那美和加美空有何关联。只是,不知怎的,他总觉得自己在冥冥之中被引导到了这个小岛。

"这个女人,听说是岛上的大巫女吧?"

舵手来了,向遗体行礼祭拜后问老水手。

"是的,"老水手点头,"之前在八岐那彦大人面前我曾提过。她就是多岛海的第一美女,那座海蛇岛的大巫女,加美空大人。"

"原来如此,这就怪了。之前我不是在八岐那彦大人面前说过大黄蜂的故事吗,你还记得吗,宇为子?"

舵手向宇为子问道。

"记得,就是那个让一只大黄蜂搭船从大和国抵达奈针波的故事吧?"

"没错。那时我不是说过海蛇岛有人被黄蜂蜇死吗?我后来听说，那个死者，就是这位加美空大巫女的丈夫。"

聚集在甲板上的水手们，闻言面面相觑。人人都对这不祥的巧合心生畏惧。

"真砂姬夫人，八岐那彦大人，还有加美空大巫女，那晚的主角，都相继过世了。该不会是因为这艘船载过听得懂人话的黄蜂吧？不是吗？或者，纯粹是我自己想太多？"

舵手抚着略秃的脑袋自言自语。

"我有种不祥的预感。我看我们还是别去海蛇岛算了。"

一名壮硕的中年水手交抱双臂说道。

"那加美空大巫女的遗体怎么办？总不能扔进海里吧。"

见舵手发怒，另一个水手慌忙嗫嚅：

"舵手，死者的魂魄还在附近，她会听见的。"

水手们很迷信。他们认为，就算人死了，魂魄也会暂时在原地飘荡。所有的人都面带瑟缩，朝黑暗的大海与船边的角落投以不安的视线。只听见不知是谁低声啐舌嘟囔：

"让女人上船准没好事。"

"舵手，天一亮就把遗体送去岛上，然后立刻起航吧。"

"这个主意好。这个岛看起来可不是好地方。"

大概是目睹跳海自杀，遏阻了他们本想上岸的念头吧。被备用船帆包裹的加美空遗体，让水手们抬到船头去了。似乎是不想看到那种东西，水手们全挤在船尾，背对船头而坐。

只有宇为子和老水手又在遗体旁边坐下。

"加美空大巫女真可怜。大概是丈夫被黄蜂蜇死,让她失去了活下去的指望吧。"

老水手叹息着说。

对丈夫的爱,深刻得令她难以忍受丧夫之痛吗?宇为子想起侍从宇为子生前说过的话:

"我已有心理准备。为了大人,就算牺牲生命也在所不惜。想必,那位真砂姬夫人,如果知道她的死是您造成的,也会感到满足吧。那就是爱。您自己昨天不也对宇为子说过,您喜爱真砂姬夫人痴情专一的灵魂吗?"

当他沉湎回忆之际,老水手眯起眼说:

"不过话说回来,那场八岐那彦大人款待的酒宴真愉快。我从未那么开心过。"

既然是仅有一次的人生,欢愉自然也仅此一次,躺在这里的巫女,想必也有过深刻的欢愉与悲愁吧。包覆遗体的船帆下,隐约露出一截雪白指尖。手指仿佛想抓住什么,是蜷曲的。

6

翌晨,舵手把宇为子喊来交代。他说水手们决定不上岸，所以船会停在外海等待小舟归来。无可奈何之下，宇为子只好与老水手二人搬运加美空的遗体。为了避免备用的船帆遭到岛民抢夺，他们剥下包裹加美空尸体的帆布，保持她跳海自杀的姿势抬上小舟。昨晚那席对话，好像令大家突然变得特别迷信，加美空的遗体才刚搬下船，立刻就有人四处抛洒珍贵的盐巴驱邪。

海蛇岛的港口只是利用天然海口而成，连栈桥都没有，一旦风雨来袭，恐怕会立刻吹个精光。港口也只有一艘捞小鱼和海藻用的独木舟，系着缆绳停泊。依这种别无船只的情形看来，男人八成都出海捕鱼去了。开满牵牛花和黄槿花的白沙海滩极为美丽，衣衫褴褛的大群妇孺抱着篮子，正在捡拾贝类与海藻。

"好穷的岛。"

老水手从舟上站起，望着小岛说。

"只有独木舟。"

"是啊，想必连木材都不多吧。面积不够栲树生长。没有森林的岛自然也无法打造大船，盖不了房子。"

"不过，倒是个美丽的地方。"

宇为子对这乍看之下宛如乐园的风景多少有点乐在其中。老水手朝加美空的遗体投以一瞥。在男人们的大手打理下，加美空已梳拢头发双手交叠。

"的确。而且,这里位于多岛海东端,因此被称为圣岛。这是太阳升起首先会经过的岛,所以据说是天神降临之地。但现在执司太阳的巫女已经死了。今后还不知该怎么办呢。"

海滩上的妇孺看到宇为子与老水手的小舟,似乎发现了遗体,发出震天响的尖叫。年轻的母亲拉着小孩的手逃走,几个胆子较大的中年妇女,战战兢兢地靠过来。

"昨晚,这位夫人从崖上跳海了。"

女人们表情惊愕地冲上前。

"加美空大人!"

当下她们的哭叫令海滩一阵骚动。宇为子与老水手把加美空的尸体搬下小舟,放在树荫下。她原本湿透的白衣早已晾干,衣摆在海风中飘动。她的遗容,就像在树荫下睡觉般安详。

"母亲!"

跌跌撞撞地跑来的,好像是加美空的孩子们。有双手抱着双胞胎婴儿的年轻女子和年约六七岁的女童,还有十岁左右的少年。不愧是加美空的孩子,他们的体格和五官都比海滩上的人出色,但衣着同样寒酸。

"你是巫女大人的女儿?"

老水手问,抱着婴儿的女孩点点头。

"你的丈夫到哪儿去了?"

"我丈夫和我大弟昨天出海捕鱼去了。我正奇怪怎么没看到我母亲，没想到竟会变成这样。到底出了什么事？"

"我就把我们仅知的告诉你吧。昨夜，我们的船停在外海，忽然看到有人从崖上跳海。我们急忙赶去救人，但崖太高，海太深，还是晚了一步。得知这具遗体是岛上的大巫女，船上的人都很震惊。没能救活她，非常抱歉。"

宇为子一说话，海滩上的人全都看着他。有人发现他少了左掌，立刻垂下眼。在某些岛上，往往有许多人嘲笑、轻蔑宇为子的手。但是，海蛇岛虽穷，岛民似乎彬彬有礼，自尊心极高，难怪会被称为圣岛。宇为子暗自感佩。

"真是谢谢你们。"

女孩坚强地向宇为子二人道谢，抚摸哭泣的妹妹的脑袋，然后就像泄了气般，一屁股跌坐在加美空身旁。她双手抱的孩子尚在襁褓。年轻的母亲要照顾孩子，又遭逢母亲过世，似乎已筋疲力尽。

之后，只见接获消息看似岛长的老人和他的随从也赶来了。

"走吧，宇为子。"

怕麻烦的老水手对宇为子吆喝一声就想走，但女人们纷纷恳求：

"拜托，请再多留一会儿。男人们昨天出海，暂时还回不来。可是按照规矩，必须由男人抬棺，如果你们都走了，我们会很伤脑筋。"

加美空连无人抬棺都考虑到了，所以才刻意抱着石头跳海，不让尸体浮起吧。如果是连后事都考虑周到才跳海，那她为何执意寻死呢？宇为子有点好奇她的理由。

"宇为子，我们回船上吧。"

老水手催他，但宇为子拒绝了。

"如果只是抬棺材，那我愿意帮个忙。"

"好吧。那我会告诉舵手再多等一天。明天这个时间来接你。"

老水手灵巧地划着小舟回运贝船去了。

海蛇岛的岛长是个八十高龄的老人。负责辅佐他的，是几个跟他同样岁数的老人。据说是这些无法出海捕鱼的老人在治理这个岛。

"加美空大人真的死了吗？"

岛长的双眼白浊，但好像能够明察秋毫，睨视加美空的遗容。

"看到女儿生下双胞胎，有了继承人，大概是安心了吧。"

岛长等人在加美空遗体前开始商量。加美空的几个孩子围在母亲身边，呆呆地抱膝而坐。

"你还好吗?"

宇为子问长女。长女愣愣地点个头,得知母亲是自杀,她似乎说不出话,也挤不出眼泪。

"我听人说,被黄蜂蜇死的是你们的父亲?"

"是的,"长女低声回答,"那是一年半前的事了。家母似乎知道什么隐情,家父死后,她的言行举止就变得很奇怪。"

"什么隐情?"

"这个我也不知道。从那之后,她对巫女的工作就不太起劲了,整天只顾着在海滩徘徊漫步,甚至一再遭到岛长警告,叫她要认真工作。我想是家父的死令她太伤心。因为他俩非常恩爱。然后,就在三个月前我生下了这两个孩子。在这岛上,命运不断以阴阳的顺序轮回,我生的两个女儿据说将会是下一任的阴阳巫女。母亲很高兴,她说自己终于有继承人了。也许她是因此感到安心,才会自杀吧。"

"被黄蜂蜇到,是很罕见的事吗?"

长女缓缓摇头。

"黄蜂蜇伤家父的眉心后,也立刻死了。我看过黄蜂的尸体,那是岛上从未见过的品种。所以可能是不知打哪儿飞来,凑巧蜇伤了家父吧。被黄蜂蜇伤后,家父的脸孔肿胀,又拖了半日工夫。可是,他渐渐无法呼吸,最后就这么痛苦挣扎着死去。家母非常悲伤。可是,现在家母也死了。难道我们是被诅咒的家族吗?"

长女泪水涟涟。

"没那种事。"

宇为子劝慰,但长女一脸认真地倾诉:

"如果真的遭到诅咒,接下来还会遭到全村排挤。我曾听说,家父的家族,在妹妹夜宵出生前就一直如此。"

长女很怕传出不利的谣言,遭到全村制裁。在这么小的岛上如果被全村排挤,恐怕很难生存下去。

"是吗,对不起,是我不该问这种问题让你担心。"

宇为子道歉后,偷偷观察加美空的长女。她说阴阳会不断轮替,和"阳"加美空成对比的"阴"长女,的确长得平庸而不起眼。次女也一样,只凭血缘维系的世代,也表露在外貌上。

几个女人不知从哪弄来一具棺木,然后将加美空抱起放进棺中。可是用红木荷做成的简陋棺木比加美空小了一号,最后只好把她的脚折起硬生生塞进去。据说那本是矮小的岛长替自己做的棺木,一时之间也来不及准备新棺木。加美空真可悲。

岛上人人都在哭。可能是因为壮年男子都不在,长女和次女,以及沉默寡言的次子,紧靠在宇为子身边,似乎把他当成大哥依赖。

这时，一名上了点年纪的女子上气不接下气地跑来。那身白衣，看来应是仓促取出，皱巴巴的。她的脖子上挂着珠链，手拿白色贝壳，然后一边喃喃祈祷，一边催促众人起身。看样子，丧礼好像要开始了。

送葬队伍打头阵的，是拄着拐杖的岛长。其后，是加美空的棺木。宇为子虽是外人，但大概是看他在男人当中最年轻力壮吧，他奉命扛着棺木前端。其他人，好像是村中仅剩的男性。有腿部骨折正在疗养的中年渔夫，还有三个已经八十高龄唠唠叨叨的岛长随从。加美空年仅十岁的儿子，也跟在宇为子身旁抬棺。

临危受命接替加美空职务的女子走在棺旁，开始唱疑似葬礼专用的歌。她那结结巴巴、毫无自信的歌声，显然令众人的心情愈发委顿。随着忧郁的队伍缓缓前进，唉声叹气的人们自与简陋工棚无异的家屋出现，陆续排到队伍后头。宇为子忍不住探头窥视屋内，那种贫困的生活窘境令他吃惊，他垂下眼，努力不让脸上露出讶异。

今日斯日
隐身于神之庭园
遨游于神之庭园
等候于神之庭园

自天而降
渡海而来
今日斯日
虔诚膜拜

　　身高只到宇为子胸口的加美空的次子咬紧牙根,似乎在忍受棺木的沉重负荷。
　　"你还行吗?"
　　宇为子啜嚅。
　　次子点点头。
　　"那个,其实本来是我母亲的工作。"他苦涩地说。
　　"那么,那个人也是巫女喽?"
　　"是第二顺位家族的巫女。本来第二顺位的巫女应该是海龟一族,也就是我父亲的家族,但是那边的夜宵姑姑已成为幽冥巫女,所以没其他人选。再次的巫女家,是海鼠一族,这个就是那家的大婶。所以,她的祈祷词念得很糟,连舞也不会跳。"
　　急就章的巫女,唱歌祈祷都结结巴巴的,很不流利。送葬队伍不悦地听着荒腔走板的歌声,一边扛着沉重的棺木往西边走。
　　"我们要去哪里?"

听到宇为子这么问，次子上气不接下气地回答：

"去网井户。那是岛上的墓场。棺木要放进洞窟。"

多岛海的墓地多为洞窟。宇为子碍于情势，顺理成章地成为扛棺者，但他想，自己来到这个岛上的理由是什么呢？应该有理由才对，在他还没想通之前他不能走。

大巫女的

就此隐身

贵姐妹的

就此隐身

走了将近半里路，终于抵达应是岛上西边的岬角。次子好像已累得连话都不会说了。打从中途，就由别的老人接手替他抬棺。解脱抬棺苦刑的次子，与幺妹手牵着手寸步不离宇为子身边。

"那就是网井户。"

路兜树与榕树密林的末端，出现了一个昏暗的洞穴。树木形成的天然隧道是通道，里面好像有东西。那条通道狭小得仅容棺木勉强通过，送葬队伍排成一列纵队钻过隧道走到底后，眼前是一片自然形成看似圆形广场的草地。正面石灰岩崖壁上有个大洞窟。可以看见从洞口附近一直到深处，都排放着棺木。这就是岛上的墓场。洞窟旁,盖了一间路兜叶铺顶的简陋小屋。大概是给守墓人住的吧。

此时,小屋阴影处站着一个年轻女孩,正在抽泣。她的个子很高,虽是初次见面,相貌却令人感到熟悉。她的眉毛画出美丽的弧形,看似聪颖的眼睛充满青春活力。窥见女孩面貌的宇为子,当下目不转睛呆立原地。但女孩并未注意到他,只是频频用粗布衣裳的袖口拭泪。

"站在那里的女人是谁?"

一见钟情的宇为子向身旁的次子问道。

"那就是幽冥巫女,夜宵姑姑呀。"

白昼巫女与幽冥巫女。那就是被蜇死的加美空夫婿的妹妹吗?也许自己就是为了与夜宵相遇,才化身为十九岁的宇为子,得到平凡肉身,在冥冥之中的引导下来到海蛇岛的。宇为子心中充满确凿不移的念头,几乎喘不过气。虽在丧礼中,他却涌起莫大欢喜,恨不能到处奔跑大叫。原来这就是活着的美好,宇为子望着自己切断的左手想。

岛长下令安置棺木,宇为子和老人们一起抬棺入洞。洞内放满了旧棺。越靠近入口的棺木越新,靠里面的棺木已有白骨零乱掉出。比较新的棺木,大概是加美空那个被黄蜂蜇死的丈夫所有吧。放好棺木离开洞窟,他正好与迎面走来的夜宵四目相接。

"呜呼噫唏，彼何好女"，这句古老的话差点冲口而出。那是他曾对伊邪那美说过的话。"啊，多么美好的女子啊。"

夜宵面对陌生的宇为子露出狐疑的表情，但宇为子并未错过她眼中的惊讶。那是发现对方来自不同世界的惊讶。同时，肯定也是意外发现白马王子的惊讶。让我俩携手共赴另一个世界吧，宇为子在心中对夜宵呐喊。让我们一起离开这座岛吧。这时，夜宵满脸讶异地转身回顾。你听见我的声音了吗？他在心中再次呐喊。而夜宵也再次转身看着宇为子。自己仿佛隐约看见一道灼人的强光。有时才初次相遇，却在一瞬间明了彼此都是为了对方才活到现在的。当下，这一刻正是如此。

"夜宵大人，这边请。"

可是，夜宵被岛长一喊，又继续往前走了。

"事出突然，真可怜。来不及制作你的棺木。接下来应该会赶工做出来，所以在明天早上之前请你喝下这个。"

夜宵从岛长手上接过装在陶器里的液体。她察觉到莫大的悲叹，四下一看，参加送葬队伍的村民都低着头在暗自饮泣。宇为子觉得好像听到棺木这个字眼，不安地问次子：

"怎么回事？"

次子不发一语地啜泣。长女也流着泪，连脸都抬不起来。骤然增强的悲伤与凝重气氛，令他预感即将发生更糟糕的事。但是，这场丧礼在岛长递陶壶给夜宵后，似乎就此结束了。众人留下夜宵一个人，就这么默默离开广场。宇为子也被催着起身，离开了网井户。但是想到夜宵一个人待在阴森的网井户，他便对她万分怜悯。他决定算准时间，趁着黑夜再潜回网井户看看。

"接下来还要做什么？"

宇为子追上精疲力竭、慢吞吞拖着脚步的次子问。其他人好像都已回家了，路上人影稀少。

"岛民会来我家，所以大家说要一起烹煮食物。"

"那夜宵小姐怎么办？"

次子驻足抬起头。

"如果按照往例，幽冥巫女在丧期结束前不能见任何人。幽冥巫女必须和死人一同生活。"

"可是，你是说这次不同？"

次子含糊其词。

"我也不清楚。"

宇为子很想回网井户与夜宵说说话，但是气氛毕竟不容他这么做，只好就这么伴随加美空的家人一起横越小岛，来到加美空位于东端的祈祷所和住处所在的岬角。他从断崖俯瞰海面，认清自己的船就停在外海上。没错，加美空的确是从这里跳海的。

夕阳西下，简朴的"宴会"开始。菜色是贝类与海藻。晒干的鱼鳍被烤过后和酒一起端上桌。酒是用米酿造的。宇为子喝了酒。由于口很渴，酒意外美味。

"这次很感谢您。多亏您帮忙，加美空大人才能回到岛上，顺利移交给下一代。"

岛长在几名老人和妇女的搀扶下，过来道谢。

"这是什么意思？"

宇为子问。

岛长浑浊的眼睛朝着空中说：

"加美空大人一旦死了，幽冥巫女也得死。加美空大人想必不愿如此，才会自行跳海吧。因为她的尸体如果没有浮起来，就无法确定是否已死。可是，多亏你们把遗体送回来，本岛得以传承到下一代。在那边那对双胞胎年满十六岁之前，得由备位巫女代替她俩履行职责，不过应该还能凑合过去吧。加美空大人那一代有点太抢眼了，所以换个气氛也不坏。"

"夜宵小姐为何要死？"

宇为子动着忽然笨拙起来的舌头问。

"在这岛上，昼与夜是成对的。因为阳与阴相对。"

宇为子赫然醒悟，原来根本不是为了丧礼，加美空是为了不让夜宵跟着殉死，才会在自己脚上绑石头。宇为子他们送还遗体之举，并非加美空的本意。察觉夜宵或许在这当下已步向死亡，宇为子慌忙想起身，却失去平衡重重摔倒。

7

看样子，他好像在房间角落昏过去了。宇为子醒来后，伸出右手确认四下无人。他发现自己好像还待在接受"款待"的房间，不禁松了一口气。虽然总算试着站起来了，但头很晕。他是外人，所以酒中也许放了麻药吧。他曾听说过，有些岛上有剧毒植物，所以能醒来已值得庆幸。他靠手摸索着走出门外，找到水井漱口饮水。

月已西斜，黎明将至。宇为子脚步踉跄地勉强迈步向前，朝西方走去。明明赶时间，身体却不听使唤，真是急死人了。他想起以前还是八岐那彦时，在那个人人戴着贝环的村子，咒术师曾经说过：

"听说也有和大和不同的毒物。"

那显然指的就是夜宵的命运。

费了快一个小时，好不容易才抵达网井户，隐约听见有人低声说话。原来是几名老人压低嗓门站着闲聊，一边凝视树洞入口。他们是在彻夜监视，以免夜宵逃出网井户。好可怕的岛，宇为子为之战栗。万一被发现，想必不是下个麻药就能了事吧。无奈之下，他只好先走下西海岸，再攀爬应是位于网井户下方的山崖。东方天空已渐呈鱼肚白,正好方便他攀崖,但他现在只担心一件事:夜宵该不会已经死了吧。

好不容易爬到顶上,那里正是墓场所在的洞窟上方。底下的小屋还亮着灯。总算及时赶上,他欢欣地一跃而下,冲到屋外悄声喊道:

"夜宵,你还活着吗?"

小屋简陋的门迟疑地拉开一条缝,从中探出夜宵的脸。她的双眼哭得红肿。宇为子松了一口气,上前就想拉起夜宵的手。夜宵面色不安地问:

"你是谁?"

宇为子没回答这个问题,低声说:

"快逃吧。否则就来不及了。"

"可是,要怎么逃?"

夜宵犹如哀号般高喊。那声音尖锐得几乎劈开树木覆盖的网井户,所以听在守在外头的老人耳中,也许像是垂死前的呻吟。不过,宇为子感到,那是夜宵强大的怒火。想逃,想活下去,想奔赴另一个世界,想爱某人,可是却被逼迫断送性命的怒火。也许白天自己朝夜宵传递的心声她已感应到了。

夜宵用力拽住宇为子的右手。那只手正微微颤抖。

"已经没希望了。这里是个小岛,想离开都没办法。出口又有老人们监视,前方直到'神圣标记',是整片长满棘刺的路兜树林。'神圣标记'的更前方谁也没去过。我曾听说会通往北方岬角,可是没有船也无法离开岛上。我已经逃不掉了。"她连珠炮似的说着。

"你说'神圣标记'再过去有什么?"

夜宵眼神不安地瞥向东方天空,然后才指着北边说:

"听说有个将路兜树林一分为二的隧道。只有大巫女才能走进那里。其他人谁也没去过,更没见过。不过,大家私下偷偷传言,穿过路兜树林,就能通往北方岬角。"

"北方岬角吗?我知道了。那么,你在那边等。我从港口偷到独木舟,就去北方接你。"

"我一个人走得到吗?"

夜宵神色不安地说。

宇为子只好鼓励她:

"待在这里,只有服毒的死路一条。到时你年纪轻轻就得躺进加美空旁边的棺材里。还是跟我一起活下去吧。"

他把夜宵紧紧抱入怀中。这突如其来的举动令夜宵身体一僵。宇为子轻轻用右手托起夜宵的下巴亲吻她。我要吹进生命气息。不,曾是天神的自己,要从寿命有限的凡人那里得到宝贵的生命。他闭上眼,试图接纳夜宵的生命。这时夜宵注意到了他的左手,惊讶地问道:

"你这只手是怎么搞的?"

"中了蛇毒。"

夜宵目不转睛地凝视宇为子,一边拉起他的左手,温柔地把脸贴在他的断掌之处。

"今后就让我做你的左手吧。"

没错,自己是被引导来见这个女人的。宇为子当下安心,推着夜宵的背催促她:

"没时间了,你快走吧。如果可以,我想趁天色大亮前离开岛。岛上的人应该是天亮后才会开始活动吧。"

夜宵如箭矢般当下朝北方跑去。只要穿过网井户的密林,通过"神圣标记",据说接下来就只有一条路通到底,就算路不通,她也没有第二条路可逃。夜宵不安地回头,于是宇为子挥挥手示意她快去。然后,他回头去取船了。

必须快点才行。宇为子再次攀下洞窟背后的山崖来到海岸,再从别处攀崖,这次是藏在树木之间朝东南方的港口前进。等到天一亮,妇女们大概就会出来捡贝类和小鱼了吧。他得赶在那之前偷走独木舟。运贝船也只会停在海上等他到早上。他必须赶往北方岬角,让夜宵上独木舟,再把小舟归还。

然而,海滩早已有岛民在。是昨天将加美空遗体放进棺木的那几个勤快的中年妇女。而且,昨天还漂浮在港口的独木舟已经被拖上海滩。现在女人们正围着小舟,不知在商量什么。

"等一下。"宇为子喊道。看到突然现身的宇为子,妇女们面露讶异。

"这艘小舟能否借给我?"

女人摇头。

"不行。岛长吩咐,要用这个做棺木,因此从昨夜起就拖上岸来晾干。"

"做谁的棺木?"

女人们低头不语。夜宵的殉死,想必是禁忌话题吧。众人期待夜宵静悄悄地独自死去。

"说到棺木,还是切木头做新的比较好。虽说这只是独木舟,但岛上连一艘船都没有也不方便吧。"

见宇为子不以为然,妇女们也困惑地面面相觑。

"我临时有事得回同伴的船上一趟,能否借我一用?我马上就归还。如果肯帮我这个忙,我可以带点东西回来。"

"如果,有谷物的话——"

一个女人畏畏缩缩地说,其他女人立刻跟着添话。

"如果有布能不能也给我们一点?什么布都行。因为这个岛越来越贫瘠。"

"那你呢?"

问到最后一个人时,女人迟疑了半晌才回答:

"我想要你们坐的那种小舟。"

"那么,就更加不能把独木舟做成棺木了。"

听到宇为子这么回答,女人的表情更迟疑了。

在女人们的协助下,独木舟下了海,终于成功出航。宇为子对停在外海的运贝船视若无睹,径自朝着北方岬角单手划桨。海流汹涌,船很难顺利前进。不过,几乎就在天亮的同时,他终于抵达北方岬角。没看到夜宵的人影。该不会是在半路被逮到了吧?宇为子想到这里不免忐忑不安。

北方岬角是岩岸,无法停靠小舟。如果莽撞停靠,恐怕会被浪涛击碎。正当他忙着四处寻找适当地点之际,朝阳已经升起。而夜宵,还没出现。到了早上,岛长他们八成会去网井户检查夜宵是否乖乖死掉了。如果她的脱逃东窗事发,恐怕小命不保。宇为子见夜宵迟迟未现身,直担心她是否被抓到了。如果再继续耗下去,运贝船就会派人到岛上接他,到时宇为子没回大船的事也会露馅。正当他提心吊胆之际,夜宵终于从路兜树丛中现身。夜宵看到宇为子似乎松了一口气,抹去满头大汗。

"太好了。幸好还能再见到你。"

她赤裸的双脚伤痕累累,还流着血,不过成功逃脱的喜悦令她两眼发亮。宇为子伸出右手,但敏捷的夜宵不待回应就已跃入海中,自行游过来,抓住船边。宇为子把她拉上船,小舟登时剧烈摇晃。才刚平稳下来,浑身湿透的夜宵已迅速抓起另一根桨,开始划船。

"你这样穿着湿衣服会冷吧。"

"没关系,我只想尽快离岛。"

"你放心,岛上只有这艘小舟。"

听到宇为子这句话,夜宵总算安心地吐出一大口气,仰望北方岬角。从海上看来,岬角形成险峻峭壁,处处绽放着雪白的铁炮百合。

"真不可思议。我从来不曾从海上看过小岛。原来是这种形状啊,比我想象中还小。"

然后,夜宵直视着宇为子。

"说到这里,你究竟是谁?"

"我叫宇为子。"

"你是从哪儿来的?"

"大和。"

"那是什么地方?"

夜宵不停丢出问题。

"是个很美的地方,不过也有这里没有的毒物。"

听到宇为子的回答,夜宵把脸转向升起的朝阳。她那濡湿美丽的小脸染上橙红,令宇为子目眩神迷地看直了眼。

"有毒啊。没错,有白昼就有黑夜,有阳就有阴。表与里,白与黑。世界必须一分为二。因为,单凭一个生产不出任何东西。唯有二者合一互相衬托,才能产生意义。"

"了不起。这话是听谁说的?"

"加美空大人。虽然最近她失去了活下去的力气,不过她跟我说了很多事。她那样过世,实在令人很难过。"

大概是想起往事,泪水滑落夜宵的脸颊。

"加美空大人为何要跳海呢?"

"我想,大概是再也受不了可怕的谎言欺骗吧。"

夜宵说着,脸色一暗。

"这话怎么说?"

"加美空大人的丈夫,叫真人,以前一直告诉我他是我的大哥。可是,直到被黄蜂蜇死之前,据说他才向加美空吐露种种秘密。他说,我是加美空的妹妹与他生的女儿。所以,我是加美空的外甥女,其实应该是'阳'。可是,真人却向岛长宣称我是他妹妹,也就是第二巫女家诞生的女孩,所以我变成了幽冥巫女。以前,我一直以为成为幽冥巫女是我的宿命,可是听到加美空告诉我这件事后,我忽然再也忍不下去了。你肯救我,我真的好高兴。"

夜宵用手背抹去脸上的泪水。宇为子握住夜宵的手。那只手也被泪水沾湿。

"那你的亲生母亲到哪儿去了？"

"我的母亲，名叫波间。她是加美空的妹妹，所以属于阴，是幽冥巫女。可是，她怀了我，所以跟我父亲一起逃走了。听说他俩就像我们现在一样划船逃离小岛。可是，我母亲在船上生下我后，就死了。"

"是因为难产？"

"不，好像不是。虽然我父亲没有交代得很清楚，但加美空怀疑，是我父亲杀死了我母亲。父亲为了跟加美空结婚，还有，为了拯救海龟一族，很想带着我回岛上。如果那是真的，冤死的母亲恐怕绝不会饶恕父亲吧。"

"又是一个不饶恕对方的故事。"

宇为子的自言自语，令夜宵不可思议地看着宇为子的脸。

"你也有不可饶恕的事？"

宇为子忙着寻找停在外海的运贝船，没有回答。因为他正在思考，如果娶了夜宵，伊邪那美会有何反应。当她发现宇为子就是伊邪那岐时，夜宵肯定会被杀死。难道就没有什么好方法可以阻止她吗？

能不能去黄泉比良坂，和伊邪那美当面谈谈呢？可是，变成凡人的自己或许已没有那种能力了。只有凡人才能爱凡人。只有神才能拥有超越的力量。他该如何保护夜宵呢？

宇为子望着夜宵拼命划桨的侧脸，久久陷入沉思。

呜呼噫唏，彼何好男

How Comely Now The Man

1

我在地下神殿漫无目标地走来走去，祈求能够除去夜宵的恐惧与她背负的邪秽。可是，我是死人。无能为力的焦急与烦忧，令周遭的黑暗显得更浓。伊邪那美神是对的。要是当初知道会得知夜宵悲惨的命运，我根本不该变成什么黄蜂。

柱子后面，可以看到真人的魂魄伫立。徒具真人外形的虚无魂魄令我悲伤。与其说是悲伤真人不记得自己杀害过我，或忘记他自己说过的谎言，更让我悲伤的，其实是他让我明白死者的空虚。并且，令我想起难以承受的痛楚。我们的女儿，身为幽冥巫女，还在那座岛上。得知我所诅咒的命运竟由自己的女儿代为承受，叫我如何保持平静。况且，我又听说，那竟是真人为了拯救他的家族，为了与从小两心相许的加美空结婚所造成的。就这样，我的思绪不停打转，最后化为一股怨念。

我的怨恨是死后才产生的，但我压根没想到，死者居然也有负面能力。我就是无法死心。我恨不能叱责真人，为何会变成这种局面。我本以为我很理解伊邪那美神的心情，但真正的怨恨，根本不是这种半吊子的情绪。当我得知真人的背叛后，我才打从心底理解伊邪那美神的心境，也理解了自己何以会身在黄泉国。

今天真人还是一样表情灰败，茫然凝视着黑暗。为何会来到黄泉国，自己是什么人，他大概还不明白吧。徘徊无助的可悲灵魂。未来永世，都只能死不瞑目、含悲莫名的真人。我多少觉得那样的他跟我自己有点像。在我与真人离开海蛇岛时，做梦也没想到竟有这样的命运在等着我们。

"真人，你好。"

我一打招呼，真人瞧也不瞧我便客气回礼。在夜的黑暗中，他正拼命搜寻自己认识的面孔，宛如瑟缩孩童的寂寞眼神游移不定。如果近看，会发现他的眉心有个小伤口。好像是我变成黄蜂蛰出的伤口。我指着他的眉心问：

"你这里是怎么搞的？"

真人赫然一惊，伸指轻触伤痕，满脸困惑地回答：

"这个嘛，我也不知道。"

"好像有点肿。应该很痛吧。"

真人用手捂住伤痕试图隐藏。

"我不记得了。"

"不是被黄蜂蛰的吗？"

我犹不死心地追问。真人如果完全想不起现世的事也就算了，但他记得的偏偏是错误记忆，令我很气愤。看来自从我化身黄蜂去了一趟海蛇岛后，好像变成邪恶的灵魂了。

"我不记得了，对不起。"

真人痛苦地撇开脸。真人连自己已成为死人都没发现，也失去了记忆，变成一个软弱的男人。

我独自先死的痛苦；担心你们父女俩，为了离开你们而伤痛的悲哀；独自在无垠黑暗中哭泣，觉得索性毫无感情还好些的绝望。这一切你也该感受看看——我恨不得将所有的怨恨，狠狠砸向真人。

"怎么会不知道？你不是嫌我碍事亲手掐死了我吗？而且，你还将我们的女儿谎称为妹妹，害她变成幽冥巫女。"

"你说的都是真的吗？"

"拜托你别故作无辜问我是否真的好吗？你喜欢加美空，其实根本就没喜欢过我吧？"

"加美空的确是我的妻子。对不起，我听不懂你的意思。"

"我是加美空的妹妹呀。我叫作波间。"

"印象中好像是有人叫这个名字，但我记不得了。"

"你和本为幽冥巫女的波间一起逃离小岛，然后你杀了波间，带着你与波间生的夜宵折返岛上，宣称那是你的'妹妹'。你是个杀人凶手。"

真人双唇颤抖，看着我的双眼。我的眼睛一定也和伊邪那美神一样无神失焦吧。真人仿佛看到不该看的东西，慌忙垂下眼帘。

"我谁也没杀。我的确带着婴儿一起坐船回到岛上，但我什么也不记得了。"

"你说谎。夜宵这个名字就是我俩一起取的。"

只记得对自己有利回忆的真人,仿佛失去自信,用双手蒙住脸庞。这时,地下神殿的柱后,每个阴暗角落都变得更暗,凝重得令人喘不过气。所有的幽魂,大概都很同情迷失自我的真人,对于我徒有人形的邪恶感到愤怒吧。那种无人能够理解的寂寥,令我深深感到孤独。

"你死的时候是什么感觉?"

我又问。

"很痛苦。"真人似乎想起死亡的痛苦浑身哆嗦,"脸孔突然肿胀,眼睛也看不见,渐渐无法呼吸。我根本不知道发生了什么事,只是直到咽气的最后一刻都很痛苦。"

"活该。"

"是吗?听你这么说我很难过。"说着,真人颓然垂落肩膀。

"你还有什么遗憾才会来到这里?"

"我不放心家人。为了在贫瘠的岛上设法活下去,我必须抓很多鱼以便交换白米才行。"

我对自己行为的空虚、丑陋深深叹出一口气。就算要责怪真人,他现在什么也不记得了,怪他也没用。那么,我的怨恨又该如何发泄?我只想忘却一切做个游魂。

"波间,原来你在这里啊。"

一个周身镶着淡蓝光芒的人影靠近。是伊邪那美神出来了。

"是,我在这里。"

真人畏怯地仰望伊邪那美神,试图躲到柱后。他没有肉体,所以无法强硬阻止他。我不再与真人交谈,转而静候伊邪那美神吩咐。

"你刚才在做什么?"

"我在责备真人。"

伊邪那美神平时总是不悦地蹙眉,这时表情更不愉快了。

"波间,最近你有点反常。那个男人根本不记得你了。"

"伊邪那美大人,只要能让真人痛苦就好。谁叫他自己想不起来。"

我流下了眼泪。我觉得透明的脸颊似乎罕有地发烫。我讨厌待在这种犹如地狱的场所。我忍不住脱口而出:

"待在这种鬼地方,我已经受够了。"

说完我才赫然一惊,掌管"这种鬼地方"的女神,正是伊邪那美神。

"对不起。"

我趴伏在地惶恐道歉,但伊邪那美神只是沉着脸,既没有让我起来也没有说话。

"撇开那个不谈,我倒是有事找你商量。"

伊邪那美神起身步向的,是她平时选定死者的办公房。她在御影石做的椅子上落座。

"伊邪那岐好像在不久之前死了。"

我当场哑然。这时我才发觉,笼罩伊邪那美神全身的怒焰,今天看起来好像比较稀薄。不过,伊邪那岐是天神。天神也会完全死亡吗?比方说伊邪那美神,在死去后,现在不就这样掌管着黄泉国,难道伊邪那岐神也来到黄泉国了吗?不对,我曾听说天神死了会去高天原。就这个角度而言,伊邪那美神是个孤独的女神。

"伊邪那岐神死后,会变成什么样呢?"

"不知道。伊邪那岐长年化身为八岐那彦这个凡人的模样。但是听说他被年轻的侍从割喉而死,直到最后都没有复活。苍鹰看到那一幕,据说对杀死他的男人展开报复,之后如何就不得而知了。"

"伊邪那美大人,伊邪那岐大人怎么会死呢?他那个侍从想必特别有法力吧?"

"详情我也不知道。"伊邪那美神支肘托腮倚着椅子扶手,"伊邪那岐或许已经活腻了。因为这些年来,他永无止境地从一个女人换到另一个女人身边,不断生孩子。"

伊邪那美神的表情空虚。换作平时,现在应该开始处理选定死者的工作了,但她今天好像还提不起那个劲,从水井汲取的黑水也依旧装在盘中,放在石头地板上。

不经意间,我察觉一桩可怕的事。我把自己困在对真人的怨恨中,竟然渴望某人死掉。这样岂不是跟伊邪那美神被囚禁在黄泉国时的心情一样吗?怨念真可怕。谁能替我抚平它?我用双臂紧抱自己的身体,为之战栗。

"我想请求您,伊邪那美大人。我虽然死不瞑目,但是请让我变回普通游魂好吗?我想消失在那片黑暗中,悄无声息地度日。我连真人都不想看到。请让我忘记一切,平稳地做个安静的游魂吧。我已受尽痛苦折磨了。"

见我趴伏在她脚边请求,伊邪那美神抬起忧郁的脸。

"波间,你所谓的痛苦是什么?"

"跟伊邪那美大人一样,是怨恨与忧愁。对真人的怨,对女儿命运的忧。我不知道该如何抚平这两种情绪。想必伊邪那美大人也不知道,所以请您把我变回普通的死人吧。我想做个黑暗中的游魂。"

"我还以为波间你能够理解我的痛苦。"

"您太高估我了。我这种人,只不过是个善妒的平庸女子。"

我与伊邪那美神之间陷入一种冰冻的沉默。既然有胆说出这种话,就得有接受惩罚的心理准备。我趴伏在地,心里暗忖，那个惩罚若是真正的死亡该有多好啊。

"有个加美空，是你那个岛上的白昼巫女的名字吧？"

伊邪那美神说出一个出乎我意料的名字，我不由得抬头。

"对，加美空是大我一岁的姐姐。加美空怎么了？"

"加美空好像也死了。"

我有点难以置信。我那美丽的姐姐，总是气宇轩昂、威严十足，不论叫她做什么都能表现得出类拔萃的大巫女加美空。也难怪真人会喜欢她，她是岛上最出色的女人。

"她怎么会死？"

"听说是从崖上跳海了。"

我吐出一大口气。

"是我害的。一定是因为我杀了真人，所以她才会不想活了吧。"

"是谁害她变成怎样，这种事多想也没用。"

伊邪那美神一脸厌烦地说。

可是，我很担心。加美空死了，这表示夜宵应该也得死。夜宵会抱着什么想法迎接命运呢？我鼓起勇气，向伊邪那美神问道：

"那么夜宵怎么样了？"

"我也不知道。不过，她的魂魄好像还没来报到，所以也许她死得心满意足,总之我不清楚。"

我听了总算略感安心。不过,我化身成黄蜂引发的小事,居然酿成轩然大波,改变了全岛居民的命运。因为加美空之所以自杀,八成是真人的猝死令她感到世事无常吧。

"伊邪那美大人,我有事想求您。"

我的请求,令伊邪那美神转过头来。我感到伊邪那美神也流露出失去目的的空虚表情。她断然表明:

"波间,要让你变回普通游魂,绝对办不到。"

"我不是求那个。"

"不然是什么?"

伊邪那美神转身面对我,于是我清清楚楚地说:

"选定千名死者的工作,请交给我负责。"

伊邪那美神的单边脸颊似乎浮起嘲弄的笑。她大概很想说:你只不过是个凡人。

而我又再次请求:

"伊邪那美大人的工作请交给我这个巫女代劳。您放心,做法很简单对吧。只需从地下神殿的水井汲取黑水,洒在地图上。就这么简单的动作,便可在每日赐死千人。"

区区一个伊邪那美神,没什么好怕的。因为在这神殿,对我来说,早已没有任何惩罚足以匹敌看到真人的痛苦。

"你想当神吗,波间?做我的工作,也就等于当神。"

伊邪那美神用冻结如冰的声音说。那是我从未听过的低沉嗓音。我拼命摇头。

"不,我只要当巫女就好。伊邪那美大人,请对波间下达命令吧。伊邪那美大人想必也累了,所以就让波间来决定千名死者吧。最理解伊邪那美大人的就是我,所以这点小小的心愿您应该不会吝于成全吧。"

这是何等不逊的说话态度啊。这是连我自己都没预料到的造反,话刚说完,我的心就吓得缩成一团,但伊邪那美神只是默默倾听。

加美空的死,或许会令夜宵也很快来到这个国度。可是,夜宵也跟真人一样,对我毫无所悉,她将会变成虚无的游魂四处飘荡,令我痛苦。我这一生全都是徒劳。感受到这点,我痛苦难当。

"拜托,我求您。伊邪那美大人,请成全我。"

我在伊邪那美神面前再次伏身行礼。

"好吧,你过来。"

伊邪那美神率先起身,走到地图前面。仆人准备好的黑水碟子,兀然放在地板上。

"来吧,波间。洒下黑水,扼杀一千个凡人吧。"

伊邪那美神说着,把装有黑水的碟子交给我。伊邪那美神与伊邪那岐神之间的战争,衍生出千名凡人的死亡。那纯粹是男人想逃离死之邪秽而结的怨。我想洒水，却怎么都办不到。一想到只要随手一挥就是千人性命，我实在做不到。我的心是多么怯懦啊。

我心一横，索性喝下黑水。但是，只有魂魄的我无法喝水，水滴滴答答地自嘴角滴落，渐渐染黑我的身体。我想起美空罗大人说"因为你是不洁的"的声音，以及被自己的泪水弄脏的裸足。我压根没想过会死。因为我已死过一次。可是我不知道到底该怎么做，才能逃离这种痛苦。

"波间，你做不到吧？"

伊邪那美神的声音传来。颓然倒在石头地板上的我，赫然一惊地起身。伊邪那美神就站在我的身边。

"对不起。"

"神才不把人命放在眼里。你是凡人，所以还是会胆怯吧。神与凡人不同。我的痛苦和你的痛苦终究是不同的。"

"那么，伊邪那美大人的痛苦是什么？"

我不逊地问。

"是身为女神。"

伊邪那美神说得明白，然后便命仆人重新去汲取井水。之后，她毫不犹豫地把水洒遍各处。虽然伊邪那岐神早已不在人世。

我俯视自己被黑水弄脏的身体。身为女性天神，到底必须背负什么痛苦呢？是因为还留着女人心，却得扮演夺走人命的神吗？抑或，是因为身为夺走人命的神，同时却得以女人的身份产子？我这个凡人的痛苦，和伊邪那美神的痛苦比起来，果然还是有天壤之别，我深深反省自己的混乱心绪，为之沮丧。

我已完全意志消沉。魂魄不会生病，但我开始渴望像真人一样，忘记痛苦，做个游魂。我既没去服侍伊邪那美神，也不再去见真人，只是独自在黑暗的黄泉国四处徘徊。我一心只想融入黑暗之中。

某日，我像往常一样走在黑暗的甬道，忽觉一阵冷风掠过脸颊，我不禁转头。在黄泉国，绝对不会有风。没有什么空气气流，只有污浊的空气在四处沉淀、淤积、凝滞地款款摇曳。可是，我现在却感受到风，觉得极不可思议。

"波间。"

稗田阿礼熟悉的声音响起。

"阿礼，你几时回来的？"

稗田阿礼气喘吁吁地匆匆走来。

"波间，你好。我刚刚回来。我在旅行大和国的途中，被人一脚踩死了。蚂蚁的性命，真的很渺小。而且我死了以后，还被人当成男人呢。"

稗田阿礼就算死了还能说话，一定很幸福吧。她看起来气色很好。

"波间，地下神殿有个陌生男人，他该不会就是你丈夫吧？那个人就像海幸彦、山幸彦［日本神话中，山幸彦（火远理命）用猎具与兄长海幸彦（火照命）交换钓具去钓鱼，不慎遗失钓针，在盐椎神的指点下，前往龙宫，与海神之女丰玉姬成婚，得到钓针与潮盈珠、潮干珠，得以制服兄长。——译者注］一样啊。你还记得吗？火远理命的那首歌。"

稗田阿礼当下就想引吭高歌，但我垂落视线。我知道这样很失礼，可是一扯到真人，我就怎么也轻松不起来。这时稗田阿礼忽然露出惊疑不定的表情。

"不得了，这可是大事。我得赶紧报告伊邪那美大人。"

"出了什么事？"我问。

稗田阿礼语出惊人：

"黄泉比良坂的巨岩，正被大批水手搬动。可能很快就会挪出可容一人通过的空间，所以或许会有人闯进来。"

当初伊邪那岐神分隔这个世界和人世的巨岩，现在居然正被凡人搬动。号称集千人之力也搬不动的巨岩，要怎么移动？我惊愕地说：

"我曾听说，在凡人看来，地下神殿只不过是一座巨大的坟墓。"

"即便如此，还是有人会进来。因为凡人充满好奇心。你猜,那人会是谁?"

阿礼兴高采烈地说。过去来过黄泉国的,据说只有伊邪那岐神一个。可是,伊邪那岐神是男神。凡人无论是谁,都畏惧地下的巨大坟场,只会庆幸已被巨岩堵塞,绝不可能主动接近。

2

自遥远彼方,一小团光晕晃动着徐徐靠近。看样子,生者终于踏进了不该侵入的场所。在生者看来,我与伊邪那美神的身影,似乎只是比流萤更微弱的光,其他的游魂,则融入黑暗中完全看不见。不过,对于有勇气走下地底坟场的凡人来说,或许能感受到挤满死者幽魂、浓得令人喘不过气的黑暗。

不过话说回来,地盘被人侵犯的伊邪那美神,面对厚颜冒犯的生者,会发多大的脾气呢?我感到很不安。说不定,她会令神殿的天顶塌下把人困在这里。这个有勇气的侵入者会是什么样的人呢?

远方,男人的声音响彻四周:

"伊邪那美,如果你在就请你回个话好吗?我是伊邪那岐。"

怎会这样？不是凡人，居然是应该已经死去的伊邪那岐神再次来访。伊邪那美神当下反射性地仰身，仓皇失措。

"伊邪那美，你在哪里？"

"我在这里。"

伊邪那美神的声音细细颤抖。这也难怪。因为将近千年前，在黄泉比良坂被休离、互相用怨言攻击的对象，现在再次出现了。这两位天神，现在终于要面对面了。

神殿里，盈满微暖的光，是粗大的火把散发的火光。隐约照亮地下神殿的是人的磷火，所以是淡蓝色的。手持火把而立的，是个意外年轻的男子。他有着一具肌肉尚未纠结隆起、修长匀称的身材。没有梳角发，只把长发绑成一束用皮绳扎起。右臂套着贝环，身穿白色短衣，腰间插着长剑，但是也有我们岛上渔夫那种大海的气味。

"伊邪那美，我是伊邪那岐。"

"你的长相不一样。"伊邪那美神的声音依然带着颤抖，"我所知道的伊邪那岐神，是个更壮硕、更年长的人。不过，我还是得赞美一声'呜呼噫唏，彼何好男'。"

自称伊邪那岐神的青年好像笑了一下。蓦地，我发觉他该有左手的地方少了一截。

"伊邪那美不肯现身跟我见面吗？"

年轻男人一脸落寞地说。

"你看不见我?"

伊邪那美神面露惊讶。

"看不见。"

"你真的是伊邪那岐?"

对于这种怀疑的态度,年轻男人是这么回答的:

"是的。我已转生为寿命有限的凡人。再过几十年就会死,到时说不定会来这黄泉国报到。我已主动舍弃天神之身了。"

"为什么?"

"我无法忍受再继续看着妻子死去。所以,我来道歉。"

伊邪那美神对伊邪那岐神这番意外之言长叹一口气。顶着青年外貌的伊邪那岐神,屈膝跪倒在地下神殿冰冷的石板上额头贴地。

"伊邪那美,是我错了。你为了生产送命,我却不懂得体贴,只凭自己一腔悲痛贸然行动,实在是肤浅愚蠢、自以为是的男人。所以,我不做神了。我已不再是神,所以请你别再扼杀我的妻子。不,不只是我的妻子。也请你别再夺走千条人命。"

"那么,我问你,你会放弃建造产房吗?"

"换言之,你是问我还会不会继续迎娶新妻?若是担心这个,我再也不会了。我已转生为十九岁的男子,得到年轻的妻子。为了和她长相厮守,我想向你道歉。"

"你在哪里娶到她的?"

伊邪那美神的话说得很平静。或许是伊邪那岐神转生为年轻男子,令她得以冷静。

"海蛇岛。我娶了岛上的幽冥巫女夜宵。"

怎么会这样。夜宵获救,居然成了伊邪那岐神的妻子。我心里涌起一阵狂喜,但立刻转而担心起伊邪那美神的心情,不由悄悄瞥向她的脸。我的心很乱,自从伊邪那美神说她的痛苦是来自"身为女神"那句话后,我对伊邪那美神比以前更尊敬,也更加同情她。

没想到伊邪那美神是这样说的:

"哦?那倒是奇遇。那个女孩的母亲就在黄泉国,现在负责伺候我。要夺走那孩子的性命,我恐怕也难以下手。"

我还来不及惊慌地替夜宵乞命,伊邪那岐神已开口说:

"伊邪那美,算我求你,请你饶夜宵一命好吗?我已不再是神,变成了肉身凡人,所以请你放过她吧。"

"那么,你能拿出什么,来交换夜宵的命?"

我提心吊胆地听着二人对话。

"我的有限生命不行吗?说到这里,伊邪那美,我很想看看你的模样,你能让我看看你吗?"

"那就请你再次成为男神。"

伊邪那美神用冰冷的声音说。

伊邪那岐神以年轻人特有的灵敏动作四下张望，最后如此高叫：

"火要熄了。我也差不多该走了。否则等到四下一片漆黑，现在的我恐怕无法离开这里。伊邪那美，我们恐怕不会再见面。如果还有见面的机会，那应该就是我死的时候。我不知到时会是什么情况，所以趁现在先向你道别吧。"

就在这时，伊邪那美神走近伊邪那岐神身旁，呼地吐出一口气。女神的一口气，仿佛要吹熄微弱的烛焰，登时令粗大火把的火光熄灭了。温暖的强光骤然消失，感觉上黑暗似乎变得更浓密了。

"这是怎么回事？"

伊邪那岐神慌张的声音传来。他自怀中取出打火石之类的东西摩擦，但是少了左掌，似乎很不方便。

过了一会儿，伊邪那岐神用苦恼无助的声音说：

"伊邪那美，我求求你，请你点燃火把好吗？我什么都看不见。"

"你可以像很久以前看到我的腐尸时那样，折断角发上的梳子梳齿，拿来点火照明呀。"

伊邪那美神用不怀好意的语气调侃他。

"伊邪那美，那种事我已经做不到了。我现在没有角发，况且你也看到了我头上没有插梳子。最重要的是我没有火种。"

伊邪那岐神不悦地说。

"哟,连那点小事都办不到了吗?看样子,你真的变成凡人了。"

伊邪那美神带着叹息的冰冷声音响起。

"是的。求求你,伊邪那美。你如果不帮我点火,现在的我出不去。"

伊邪那岐神的声音,听起来比之前虚弱。漆黑中暗影幢幢,散发出一种足以用刀刃切割的质感。在我们这边,可以看见伊邪那岐神撞上神殿巨柱,慌乱地在地上到处乱爬的模样,可是伊邪那岐神却完全看不见我们的身影。面对伊邪那岐神的惊慌失措,伊邪那美神接下来究竟有何打算呢?我不禁忐忑不安。

"伊邪那美,这是你的报复吗?"

伊邪那岐神怒吼。

"不,这算不上什么报复。黄泉国是阳寿未尽的凡人绝对不可踏入的国度。你已成为凡人,却违背了这个禁令。跟以前一样,你还是这么任性妄为。总是只想到你自己,毫不客气地破坏其他世界的秩序。我身为天神,是在惩罚你这个凡人。"

伊邪那美神如此说道。

这不是报复而是惩罚。我抱着必死的决心,斗胆向伊邪那美神进言：

"伊邪那美大人，伊邪那岐大人已成为凡人，选择了寿命有限的肉身，同时也成了我的女婿。还请您开恩原谅他。"

伊邪那美神低声笑了。

"寿命有限的肉身是怎么一回事，那个男人还不明了。趁此机会，不妨让他好好领教一下。"

可是——我才开口，伊邪那美神就毫不留情地驳回：

"如果你真的这么坚持，那你自己去救他好了。你不是很想模仿女神的工作吗？去呀，你去帮他。"

"我做不到。"我摇头。

"为什么？"伊邪那美神全身染成青色，面目狰狞地逼近我，"你为什么做不到？"

我吓得浑身哆嗦，但还是勉强回答：

"因为我只是一缕幽魂。"

"不准你再模仿神的行为！"

凡人与神不同。神发怒时有多可怕，我这时是深刻体会到了，我只能伏身跪倒。

"伊邪那岐，你想救夜宵，就拿你自己的命来换吧。"

伊邪那美神用严厉的声音说。夜宵能够保命令我松了一口气，但我也很同情伊邪那岐神的悲惨命运，所以我只能不发一语地垂着头。伊邪那美神是多么残酷的女神啊。然而，伊邪那美神的怒火有多猛,悲愁有多深,或许我还不明白。至于伊邪那岐神,他被黑暗吓得又哭又叫,眼看着越走越往里深入。伊邪那美神也无意救他,只是从容尾随在他身后,默默看着他。许多游魂跟着伊邪那岐神,喧嚷着移动。过了一会儿,伊邪那岐神似乎绝望了,在黑暗中跌坐在地。

几天后,伊邪那岐神闯入形成死巷的墓室,终于倒地不起。他在黑暗中兀然瞪大双眼,试图抓住虚空,手却力气用尽垂落地上。几天来没吃没喝,他已快要死了。我想从背后抱紧伊邪那岐神的身体,至少可以让他在断气时不会太痛苦。没想到,令人惊讶的是,从背后支撑我身体的,竟是真人。虽然现在我们既感受不到肉体的重量,也无法互相碰触,只剩下魂魄,但我想起在那艘小舟上我们曾是幸福的。当时我抱着小小的夜宵,真人从后面抱着我们母女。现在,我与真人,不就把这个爱上夜宵的男人,当成亲生孩子悄悄抱在怀里吗?我的脸颊,再次滑过泪水般的冰凉液体。

"真人,你不记得在小舟上的事了?我是波间呀。"
我不假思索地转头说。
"波间。"真人咕哝一声。
"我们就是这样在小舟上度过无数个夜晚。我抱着刚出生的夜宵,而你从我身后抱着我。"

"啊,我想起一点了。你嚷着不安,就这么死去了。那是遥远往昔,甚至像是我出生前的前尘往事。有时我以为那是梦。"

"是你杀了我吧?为什么?"

"不是。"真人低声否认。

啊,真相无从查明。但是,只剩下魂魄的我,竟感到背上传来真人的体温。顿时,本来充斥在我体内犹如冰冷石块的疙瘩,似乎溶解释出了。和伊邪那美神比起来,我终究是个彻头彻尾的凡人。

试图支撑伊邪那岐神的,不只是我俩。伊邪那岐神置身的墓室,挤满了仍保有生前形貌的幽魂和没有形貌的魂魄,一同守望着伊邪那岐神。

伊邪那美神走出居室,来到濒死的伊邪那岐神面前。

"伊邪那岐,你好像快要断气了呢。我会在这个黄泉国等你。凡是死不瞑目、心有遗憾的人,全都会来到这位于地底的死者之国,到时我们就终于可以在一起了。"

伊邪那岐神在黑暗中微微一笑,然后一边痛苦地喘息,一边如此说道:

"亲爱的伊邪那美啊,我毫无遗憾。我接受一切,活得很充实,所以已经心满意足了。我也见过许多美好的女子,我爱那些女子,也被她们所爱。伊邪那美,我也喜欢过你。想到这下能够经历死亡我很高兴。因为我终于能够与你有相同的经验了。不过话说回来，伊邪那美啊，我爱过的女人有谁在这里吗？想必应该谁也不在吧。没有一个女子是心有不甘、抱憾而终的。"

"那么，我又该怎么说呢？说我是因为抗拒一切吗？我也接受一切却置身此地。难道我就得永远被视为邪秽吗？"

伊邪那美神似乎很愤怒。这时，伊邪那岐神把他那看不见的双眼，转向声音传来的方向。

"你是女神，怎么可能是邪秽。如果过去抗拒了一切，今后只要一一拯救死不瞑目的幽魂就好了。到时想必会从中产生什么吧。"

"伊邪那岐，你太天真了。"伊邪那美神高声大笑，"你用不着敷衍我了。就算我是邪秽之身也无所谓。反正我谁也不救。在这里大家都只能永远死不瞑目地仓皇徘徊。死者的怨言之中能产生什么？请你别说那种孩子气的话了。不过，想必还是必须有人接受邪秽，所以只要在邪秽之中勇往直前，或许可以发现什么不一样的东西。不过，那已经与你无关了。"

"亲爱的伊邪那美，你很坚强。"

伊邪那岐神露出微笑，然后，在叹出一口长气后过世了。他的尸体在黑暗中保留了一会儿，最后如冰雪融化般渐渐消失了。大概是被移往心满意足的死者居住的场所了吧。我们这些幽魂，只能在心中流着流不出的泪水默默叹息。为了那终于消失的威武之神伊邪那岐，同时，也为了深爱伊邪那岐神、展现女神权威的伊邪那美神。他们，终于面临真正的诀别。

好一阵子，伊邪那美神就这么凝望伊邪那岐神消失的那块虚空，最后她低语：

"波间，做今天的工作吧。"

"伊邪那美大人，伊邪那岐大人都已经死了，还要选定千名死者吗？"

我以为已经没那个必要了，结果我这么一问，伊邪那美神竟露出意外的表情。

"我赢了伊邪那岐。伊邪那岐败在丧失亲人的痛苦之下。但是，我的规矩不变。我是赋予凡人死亡的女神，所以我要继续工作。"

说着，她像平日一样走向办公房。不知怎的，我却踟蹰不决。伊邪那美神转过身，看着我迟疑的脸。

"波间，你的怨恨消失了吗？"

"我不知道。伊邪那美大人，您的怨恨呢？"

"怎么可能消失。讴歌生命美好的人，怎么可能理解被放逐到黄泉国的人作何感想？今后我仍要继续怨尤憎恨、杀尽一切。"

自伊邪那美神的全身，散发出青白色的怒焰。伊邪那美神是在气恼伊邪那岐神变成凡人。察觉到这点的我，当下万分恐惧。伊邪那美神在长年选定死者的过程中，大概已成为真正的女神了。换言之，也就是真正的破坏者。至于破坏之后会有什么再生，在伊邪那岐神已死的现在，或许将成为伊邪那美神的工作。神完全接纳我们的欲望与不洁，背负过去，是永远不变的存在。我打从心底畏惧伊邪那美神，我如此说道：

"伊邪那美大人，今后我仍会追随在您身边效命。"

这，就是伊邪那美神的故事。伊邪那美神至今仍是黄泉国的女神。在伊邪那美神的周遭，恐怕唯有死不瞑目的死者永无止境的呢喃絮语，会不断地累积再累积。但是，那种东西美丽澄澈，缥缈如尘。若问是否如伊邪那岐神临死前所言，从中产生了什么，并没有。同时，伊邪那美神依旧日日选定千名死者。

曾是幽冥巫女的我，有时会觉得，过去我在生者世界无法达成的，如今通过这样伺候伊邪那美神已经达成了。之前我曾说过，唯有伊邪那美神，才是女人中的女人。伊邪那美神遭受的考验，也正是世间女子的遭遇。

颂扬女神吧，我在黑暗的地下神殿中如此暗自呐喊。

（全书完）

THE GODDESS CHRONICLE by NATSUO KIRINO
Copyright © 2013 by Natsuo Kirino
This translation published by arrangement with Canongate Books Ltd., 14 High Street, Edinburgh EH1 1TE.
Simplified Chinese Copyright © 2018 by BEIJING ALPHA BOOKS.CO.,INC.
All rights reserved.

版贸核渝字（2018）第195号
图书在版编目（CIP）数据

女神记：日本创世纪神话里的复仇传奇 /（日）桐野夏生著；
刘子倩译. -- 重庆：重庆出版社，2020.8
书名原文：The Goddess Chronicle
ISBN 978-7-229-14911-6

Ⅰ.①女… Ⅱ.①桐… ②刘… Ⅲ.①长篇小说－日本－现代 Ⅳ.①I313.45
中国版本图书馆CIP数据核字（2020）第038034号

女神记：日本创世纪神话里的复仇传奇

[日] 桐野夏生 著 刘子倩 译

策　　划：华章同人
出版监制：徐宪江
责任编辑：王昌凤
责任印制：杨　宁
营销编辑：史青苗
装帧设计：潘振宇 774038217@qq.com

重庆出版集团
重庆出版社 出版

（重庆市南岸区南滨路162号1幢）
投稿邮箱：bjhztr@vip.163.com
北京汇瑞嘉合文化发展有限公司　印刷
重庆出版集团图书发行有限公司　发行
邮购电话：010-85869375/76/77转810

重庆出版社天猫旗舰店
cqcbs.tmall.com
全国新华书店经销

开本：850mm×1168mm　1/32　印张：7.75　字数：136千
2020年8月第1版　2020年8月第1次印刷
定价：49.80元

如有印装质量问题，请致电023-61520678
版权所有，侵权必究